T0303565

La pequeña coral de la señorita Collignon

Editorial Bambú es un sello
de Editorial Casals, SA

© 2012, Lluís Prats
© 2012, Editorial Casals, SA
Tel.: 902 107 007
editorialbambu.com
bambulector.com

Diseño de la colección: Miquel Puig
Ilustración de la cubierta: Jordi Vila i Delclòs

Tercera edición: octubre de 2018
ISBN: 978-84-8343-213-6
Depósito legal: B-13672-2012
Printed in Spain
Impreso en Anzos SL
Fuenlabrada (Madrid)

LA PEQUEÑA CORAL DE LA SEÑORITA COLLIGNON

Lluís Prats

bam
bú
EDITORIAL

1. La maestra

*M*ademoiselle Collignon era francesa y era maestra. *Mademoiselle* en francés significa señorita. Así pues, la señorita Collignon era maestra de Francés porque lo hablaba, y de Música porque, siendo joven, había tocado el piano. Trabajaba en un colegio de la zona alta de Barcelona desde hacía tanto tiempo, que nadie recordaba cuándo había empezado.

No era alta ni baja, no era gorda ni delgada, tampoco fea ni guapa. Era muy normal y todo en su vida era así, muy normal. Casi nada destacaba en la biografía de la señorita Collignon. Si me preguntaran, diría que tan solo su peinado y sus cabellos, que habían sido del color del cobre, le daban un poco de personalidad, pero poco más. Sin embargo, cuando empieza esta historia, el color del cobre que lucía era de peluquería, pues la señorita Collignon contaba sesenta y dos años de edad y hacía mucho tiempo que sus cabellos habían perdido el brillo de la juventud.

Vestía de un modo sencillo y sin estridencias. Habitualmente con falda azul o gris, aunque a veces había aparecido por la escuela con pantalones, pero muy esporádicamente. Desde hacía más de treinta años acostumbraba a llevar jerséis muy gruesos durante el invierno y, aunque ahora ya había calefacción en las aulas, ella seguía con su costumbre de abrigarse muy bien, recordando el frío que había pasado años atrás en el colegio de la Bonanova, cuando comenzó su labor como maestra.

La señorita Collignon había llegado a la ciudad de Barcelona hacía casi cuarenta años, y durante un buen puñado de ellos había impartido clases de Francés y de Música. En su juventud había sido pianista. Algunas de sus compañeras decían que incluso había tocado *jazz* en un conocido café de París al que acudían todas las estrellas de Hollywood, una afirmación que nadie sabía si era cierta. De hecho, de su historia personal, quienes más la conocían solo sabían que había llegado a Barcelona en busca del amor de su vida y que cuando este la abandonó, dejó de tocar el piano y de dar pequeños conciertos. Ese día algo se rompió en su interior y, desde ese momento, la señorita Collignon se había dedicado a la docencia.

Si alguien le preguntaba por aquellos chismorreos, ella decía que eran cosas del pasado y no quería saber nada de ellos. Sin embargo, la señorita Collignon no se había casado nunca. Decía con frecuencia que sus hijos eran sus alumnos y que ya tenía suficiente, pues siempre la habían mantenido ocupadísima.

Vivía en el barrio de Gracia, muy cerca de la calle del Torrente de la Olla, entre una verdulería y una librería de viejo que abría algunos días, si el propietario recordaba dónde había guardado la llave. La señorita Collignon tenía una vida discreta, pero nada aburrida. Desde que se levantaba hasta que se acostaba, no paraba. Cada mañana iba a la escuela dando un largo paseo que la llevaba hasta la plaza de Lesseps, después tomaba la avenida de Mitre y subía por Balmes y, atajando por unas calles y por otras, llegaba a su lugar de trabajo. Su vida consistía en eso: dar clases, corregir los ejercicios, ocuparse de las labores domésticas, escuchar música cuando tenía tiempo y tomar el sol –si lo había– en su pequeño balconcito sembrado de geranios que daba al mar.

Ir al Liceo, si podía pagárselo, era para ella una celebración. Entonces, sacaba del armario el abrigo de pieles, si era invierno, o el vestido de color beis, si era verano. Se subía en el metro y se bajaba ante el teatro para gozar de una tarde durante la cual la música y los intérpretes se la llevaban muy lejos de su monotonía diaria. A lo largo de dos horas, escuchando una ópera o un concierto, la señorita Collignon era la mujer más feliz del mundo.

Sin embargo, para que nadie se lleve a engaño, hay que señalar que su existencia no era ni alegre ni triste. Era así porque ella había decidido quedarse en Barcelona por si un día el amor de su juventud –el mismo que la había abandonado hacía treinta años– decidía venir a buscarla.

–Si regreso a Francia –le decía con frecuencia a su hermano cuando este le preguntaba por qué no volvía a Orleans– no me encontraría. Aquí le será más fácil.

Por eso vivía en el barrio en el que había intimado con su amor secreto, el chico alto y espigado con el que había coincidido en París y que la había convencido para que se fuera con él a Barcelona y que un día, poco después, le había dicho que ya no la quería, que sería mejor que lo dejaran. El chico se llamaba Ricardo Reguant; treinta años después, se había convertido en un famoso concertista de piano que cada año daba varias vueltas al mundo.

Quizá por este motivo, cuando la señorita Collignon leía que Ricardo Reguant –o *Mr.* Richard Reguant, como se le llamaba en muchos medios de comunicación extranjeros–, a pesar de ser hijo del barrio San Martín, había hecho esto o aquello, que había triunfado en el teatro La Scala de Milán o en el Metropolitan de Nueva York, Georgette Collignon –este era el nombre de pila de la señorita Collignon– sufría unos días llenos de melancolía y le parecía que la vida era muy injusta.

Entonces sabía que había llegado el momento de cambiar los conciertos de Mozart o las sinfonías de Beethoven por una música más alegre, como la de los Beatles o los Bee Gees de su juventud. Si el día era claro y brillaba el sol, Bach, Brahms o Mahler eran sus acompañantes preferidos. La única excepción a la música pop que se permitía era una rara afición a coleccionar todas las grabaciones de un cantautor catalán muy conocido llamado Lluís Llach. El joven la había fascinado desde el día de su primer concierto en Tarrasa, hacía un montón de años, y su *Viaje a Ítaca* era una de sus piezas favoritas.

Como he dicho, la señorita Collignon tenía sesenta y dos años y le quedaban tan solo dos para jubilarse. «Toda una vida dedicada a la docencia», pensaba ella con frecuencia. Se había incorporado como maestra a finales de los años sesenta y en casi cuarenta años de vida profesional, las cosas habían cambiado muchísimo en las escuelas.

Para empezar, la dirección del colegio de la zona alta de Barcelona en el que trabajaba, decidió cambiar el uniforme escolar de faldita gris y jersey azul marino por ropa de calle. Después, el colegio, que durante más de un siglo había sido exclusivo para niñas, había pasado a ser mixto y habían empezado a llegar los pequeñuelos de acomodadas familias de San Gervasio y de la Bonanova. Con frecuencia, iban acompañados por sus padres en lujosos coches o por sus madres, emperifolladas y enjoyadas. Mientras los niños fueron pequeños, todo había sido bonito. Eran graciosos, corrían, jugaban por el patio y hacían toda clase de monerías. Pero hete aquí que los niños –como las niñas– tienen por costumbre crecer. Esto, que no gusta demasiado a las abuelas ni a las maestras, es exactamente lo que ocurrió con los párvulos de la escuela de la Bonanova. Los niños crecieron y la señorita Collignon, de la noche a la mañana, pasó de enseñar canto y música a un grupo de chavales de sexto, a hacer de domadora de leones de circo.

Esto sucedió cuando los dulces niñitos del parvulario subieron de curso año tras año, escalón tras escalón, y se convirtieron en unas pequeñas fieras que necesitaban pelearse, tirarse piedras o gritar continuamente.

Pero las cosas también habían cambiado en otro sentido. Desde hacía unos diez años se había producido un fenómeno terrible y aterrador, que ponía los pelos de punta a muchos maestros. La cosa había empezado en pequeñas dosis, como un grifo que empieza a gotear, pero pronto adquirió proporciones de inundación. Como si se tratara de setas venenosas, empezaron a brotar niños y niñas que discutían con los profesores o les hacían la vida imposible y se comportaban mal en clase.

¡Incluso sucedió que un niño llegó a insultar a una maestra! El caso más grave y el que más quebraderos de cabeza dio a la dirección de la escuela fue el de un padre, reconocido empresario inmobiliario de la ciudad. Su hijita, Petunia Sugranyes, había obtenido un «necesita mejorar» en la asignatura de Inglés. El hombre puso el grito en el cielo y armó la marimorena a la directora cuando fue a quejarse formalmente. Al parecer, el empresario había gastado mucho dinero contratando a una profesora particular procedente de Liverpool. Lo había hecho para que enseñara a su Petunia la correcta pronunciación anglosajona y el padre pretendía que se merecía un sobresaliente. En conjunto, pensaba la señorita Collignon, un disparate: el padre, la niña y la profesora de Liverpool.

En fin, no nos alarguemos con estas problemáticas y centrémonos en la historia que hay que contar. Ahora que ya conocemos a nuestra protagonista, es el momento de relatar los curiosos hechos que golpearon a la comunidad educativa del colegio de la Bonanova en el que la señorita Collignon había enseñado durante los últimos treinta y cinco años de su vida, desde que tenía veintisiete.

Todo empezó de la manera menos previsible, tal y como acostumbran a suceder estos acontecimientos: el día menos pensado y en el momento menos adecuado. Era una tarde, pasadas las dos. En la sala de profesores se encontraba un grupo de personas, de Profesionales, con mayúsculas, de maestros en definitiva, alrededor de unos termos de café. Era la hora de comer y del vecino comedor llegaban los chillidos de los alumnos. También se oía algún grito más adusto de los monitores del comedor cuando algún crío lanzaba una croqueta a la mesa vecina o la escondía en la jarra de agua porque no le gustaba.

Los maestros habían terminado de comer y disfrutaban de un ratito de calma antes de regresar a clase y empezar a oler de nuevo a punta de lápices, a goma y a mandarina, o también a otros efluvios menos agradables, como los que producen los niños al regresar del patio tras haber jugado un buen rato.

Los problemas de comportamiento eran lo que más preocupaba a los maestros de aquel colegio. Con frecuencia, después de comer, se ponían al corriente de los chismorreos de la escuela o de los que llegaban de otros centros vecinos.

–Las cosas han cambiado muchísimo –decía Pilar Manlleu, la profesora de Lengua.

–¡Uf! ¡Sí han cambiado! –exclamó la veterana Mercedes Pijoan mientras removía su café con una cucharilla–. Fíjate que el otro día la pequeña de los Serra me preguntó, la muy descarada, que cuándo tendría los exámenes corregidos.

–Realmente, el horno no está para bollos –añadió un maestro que acababa de despertarse después de echar una cabezadita.

–Y esto no es nada –añadió Mercedes, haciéndose la interesante mientras sorbía el café–; si supierais lo que me han contado de una barriada de Badalona... ¡Es horrible!

13

Todos aguzaron el oído para escuchar qué era eso tan grave que había sucedido en otra escuela.

–Pues –susurró la confidente bajando el volumen– parece ser que la semana pasada, un alumno de secundaria sacudió una patada a la maestra de Dibujo porque no estaba conforme con la nota que le había puesto, y además le dijo que era una mala...

–¿Cómo? –se sobresaltó otra profesora–. ¡Hasta dónde vamos a llegar!

–Intolerable, ¿verdad? –murmuró la confidente–. Y aún podemos considerarnos afortunadas. Imaginaos que tuviéramos que ir a trabajar a barrios como el de la Mina o el Raval.

–¡Ay, calla, calla! –exclamó Pilar Manlleu alterada–. No seas pájaro de mal agüero.

La señorita Collignon también escuchaba la conversación, pero solo con una oreja, porque estaba leyendo una de las publicaciones periódicas sobre música que llegaban a la escuela. No lo hacía porque no le interesara lo que decían sus compañeros, sino porque ella a dos años de jubilarse, ya había visto de todo y sabía que lo que decían era cierto. Había una crisis de autoridad en las familias que se trasladaba a las escuelas de modo irremediable. Los padres estaban poco en casa; los niños, consentidos, conseguían lo que se les antojaba sin esforzarse; los abuelos tenían que hacer de padres y estos, con frecuencia, hacían de niños. «Todo es un despropósito», pensó releyendo la programación de los conciertos del Palacio de la Música. Le vino a la mente el descalabro ocurrido en el Palacio meses antes, un desfalco muy importante que todavía coleaba, pero que ella esperaba que no afectara a la calidad de los conciertos que ofrecía. Parecía que no hubiera trigo limpio en aquel mundo tan democrático, acomodado y políticamente correcto en el que le había tocado vivir.

En eso estaba pensando cuando Rosa Llopart, la directora del centro, se le acercó y le susurró al oído:

–Georgette, cuando termine la jornada, pase por mi despacho, por favor. Viene el inspector y me ha dicho que quería hablar con usted.

La señorita Collignon se extrañó, pero no volvió a pensar en ello hasta más tarde. Tenía dos horas de clase con el grupo de sexto.

No oyó los comentarios de algunos maestros cuando salió del comedor de profesores y fue hacia el despacho para recoger sus libros.

–He oído que esta tarde viene el inspector a hablar con la Collignon –señaló uno de los maestros.

–Ya es mayor –le dijo Joana Riera, que trabajaba en la secretaría de la escuela y conocía el motivo de la visita–; ¿por qué no la dejan terminar? ¡Se jubilará dentro de dos años!

–Ya sabes cómo van estos asuntos, Joana... –repuso otra profesora antes de levantarse para ir hacia su aula.

Así que esa misma tarde, después de despedir a sus alumnos hasta el día siguiente, la señorita Collignon se dirigió hacia el despacho de la directora.

Durante los dos últimos años, solo la habían llamado al despacho de Rosa Llopart una vez, por lo que el hecho la preocupaba un poquito. No es que le extrañara, pero la había cogido desprevenida y –habría que añadir– un poco agotada, después de la clase de Francés con los de sexto.

15

2. El inspector

La señorita Collignon llamó a la puerta del despachito del pequeño chalé donde se encontraban las oficinas de gestión del centro. Esperó unos segundos que se le hicieron eternos; entonces, una voz masculina, muy segura de sí misma, respondió desde el interior:

–¡Adelante!

Georgette abrió la puerta y se encontró con el inspector sentado en la butaca de la directora, la cual permanecía de pie, a su lado, con cara de preocupación. El inspector era un hombre que lucía un bigotito tan ridículo como su propio nombre: Filiberto. Filiberto Estany, para ser exactos. Con todo, no es un nombre que haya que recordar en esta historia y, si alguna vez os lo encontráis por la calle, os agradecería que le dierais de mi parte un buen coscorrón.

Este hombre mediocre, pedante y presuntuoso, había sido profesor de enseñanza secundaria hasta que un primo de su primo –dice que de Manresa– le ofreció la posibilidad de entrar en el cuerpo de inspectores. Tras un examen, un empujoncito del primo de su primo y una sugerencia deslizada al oído de alguien, había conseguido ser inspector y había tocado el techo de sus aspiraciones profesionales. Tenía un despachito, teléfono propio y, con el nuevo sueldo, se había comprado un chalecito en Cunit y un coche más grande, que limpiaba cada sábado por la mañana hasta que brillaba como una bandeja de plata.

El hombre la esperaba sentado detrás de la mesa de la directora. Ese era el despacho que usaba cuando tenía que entrevistarse con alguna maestra o profesor para comunicarle malas noticias. Eso era lo que había ocurrido con el señor Pessarrodona cuando fue despedido el año anterior, o con la maestra de Ciencias Naturales, que de la noche a la mañana desapareció de la escuela y fue trasladada a un pueblecito de la comarca del Bajo Llobregat.

El despacho no era suyo; saltaba a la vista que todo en él le quedaba grande: la silla de cuero negro, la mesa atiborrada de papeles con una estatuilla de san Jorge y los ventanales que daban al jardín lleno de árboles de la escuela. Desde lejos llegaba el zumbido de los coches que circulaban por el paseo de la Bonanova y el bullicio de la ciudad.

–Apreciada señorita Collignon –la saludó el inspector–. Pase, haga el favor.

–Bien –le dijo ella a la defensiva mientras se sentaba ante el hombre del bigotito–, usted dirá.

El inspector carraspeó y se quedó mirándola con ojos de hielo.

–Tenemos un problema –planteó sin mostrar clemencia de ningún tipo–. En el departamento hemos advertido que usted no posee la titulación oficial para impartir clases de Francés.

La señorita Collignon sintió un pinchazo en el corazón, pero se rehizo al instante y preguntó al hombre del bigotito:

—¿Cómo que no? ¿Qué dice?

—Lo que oye, señorita Collignon. No la hemos encontrado en los archivos y, sintiéndolo mucho...

—Perdone, joven —replicó la maestra—. ¿Qué significa que lo siente mucho? ¿Qué es lo que siente?

El hombre se removió incómodo en su pequeña poltrona, quizá porque no estaba acostumbrado a que le plantaran cara. Es más, estaba habituado a que los profesores de los centros que visitaba bajaran la cabeza como corderitos, esperando a que les clavara el cuchillo de matarife. A lo mejor por eso cogió un lápiz, pretendiendo que escribía algo en un papel; seguidamente dijo como quien jamás ha roto un plato:

—Pues que, sintiéndolo mucho, tendremos que prescindir de sus servicios en esta escuela.

Las libretas de ejercicios a medio corregir que sostenía la señorita Collignon se cayeron al suelo y se puso las manos en las mejillas, que empezaron a arderle. Por un momento, le pareció que su pequeño mundo se hundía bajo sus pies y que caía en un pozo oscuro de paredes resbaladizas.

—El caso —se atrevió a decir ella— es que doy clases en esta escuela desde hace más de treinta años.

El inspector no movió ni un músculo de su cara de salchicha. Era un tipo impasible y sin sentimientos. Estaba a punto de derrumbar una vida entera dedicada a la docencia y le importaba un pimiento: tenía unas instrucciones muy claras.

–Sí –prosiguió imperturbable–, pero nosotros no tenemos constancia de que usted pueda impartir clases, no sé si me entiende... –dijo con su vocecita de falsete.

–¿Y mis derechos adquiridos? –replicó ella mirando a la directora del centro.

Rosa Llopart guardó silencio e intentó sonreír sin conseguirlo. Se la veía muy incómoda; la señorita Collignon se dio cuenta en seguida de que no habría nada que hacer si intentaba hablar con ella.

–Las cosas cambian, querida señora –prosiguió el inspector, abriendo los brazos como si intentara abrazar el mundo–, y hemos decidido poner un pelín de orden en el departamento. Es algo en lo que me han insistido mucho, no sé si me explico...

La señorita Collignon se quedó muda y quieta. El mundo daba vueltas a su alrededor como si estuviera subida en la montaña rusa del Tibidabo.

–Con todo, ahora mismo podemos ofrecerle una solución, no sé si me entiende...

–¿Y qué quiere que entienda? –preguntó ella, mareada.

–Pues mire, es muy sencillo. Debido a una reestructuración interna del profesorado, tenemos una pequeña escuela en el barrio del Raval que necesita a alguien con experiencia. Como su situación es un poco anormal, hemos pensado que quizá sería una buena solución para que termine los dos años que le quedan con nosotros, no sé si me entiende...

–¡Sí! ¡Sí! ¡Le entiendo! –estalló la señorita Collignon, a quien aquel hombre había sacado de sus casillas–. Entonces, ¿no hay nada que hacer?

–Me temo que no, estimada señorita Collignon.

De golpe y porrazo, la maestra se quedó fría y dejó de oírlo todo. El revés había sido demasiado fuerte para digerirlo en un momento. Había intentado luchar por lo que tanto quería, pero parecía que no se podía hacer nada. La administración era implacable; la decisión había sido tomada y ella bajó la cabeza derrotada.

Después, el inspector se despidió rápidamente, alegando que otros asuntos urgentes reclamaban su atención. Así que Georgette se quedó a solas con Rosa Llopart, pero ambas tenían poco que decirse. De hecho, la señorita Collignon quería salir de allí lo antes posible para respirar el aire de la calle, lejos de aquel despacho y de aquella escuela, lejos de aquella medio funcionaria cobardona que no había movido un dedo para defenderla.

Antes de abandonar el despacho, la directora le dijo que, para que no se hablara más de la cuenta y dada su delicada situación, lo mejor sería que el siguiente día de clase recogiera sus cosas y se marchara sin despedirse de nadie, porque sería una humillación tener que explicar a todo el mundo su repentina ausencia, el prestigio del centro podía quedar en entredicho, y más cosas que la maestra no quiso ni escuchar.

–No se preocupe –continuó diciendo la directora a la señorita Collignon–. Los niños se olvidarán de usted cuando la nueva maestra entre en clase.

Esa tarde, Georgette Collignon regresó hundida a su casa, recordando aquellas palabras tan hirientes pronunciadas por una persona sin escrúpulos. Esa noche, después de la entrevista, apenas cenó y se metió en la cama sin haber bebido ni siquiera un vaso de agua.

Se despertó por culpa de una pesadilla en mitad de la noche. La calle estaba vacía y todo estaba en silencio. La cabeza le daba vueltas y más vueltas. Estaba muy mareada y empezó a llorar, hipando como si todo hubiera sido solo un espejismo. «¿Por qué me hacen esto?», se preguntó, al darse cuenta de que la conversación había sido tan real como la luz que empezaba a colarse por las rendijas de la persiana. Nadie le respondió en su pisito y Marioneta, la gata que hacía siempre lo que le venía en gana y que también se había desvelado, la miraba con ojos tristes, echada sobre el cubrecama, sin poder responder. Nadie podría haberlo hecho, ya que no había explicación alguna.

A la mañana siguiente, sábado, Georgette hizo de tripas corazón y salió de casa con su capazo para ir de compras. En la tienda de comestibles de la esquina, que todos en el barrio conocían desde siempre con el nombre de *colmado,* coincidió con Quimeta, que desde hacía más de treinta años, además de vecina, era una amiga. Tuvo la oportunidad de desahogarse con ella contándole su problema. Cuando terminó, se enjugó las lágrimas y suspiró, tragándose la desilusión por tener que abandonar su querido colegio:

—¡Tendremos que reinventarnos, Quimeta! ¡Qué remedio!

—Sí, cariño —le respondió Quimeta, sin entender por qué narices esa gente tenía que amargar a una mujer mayor al final de su vida profesional.

Eso era lo que había decidido la señorita Collignon, reinventarse... ¡a sus sesenta y dos años! «Allá ellos», se repitió durante aquel fin de semana tan amargo, intentando sobreponerse. «Allá ellos».

El lunes, una vez que terminaron las clases, la señorita Collignon regresó a la escuela como si fuera una ladronzuela. Encontró a poca gente en los pasillos, ya que muchos colegas tenían más prisa que los propios alumnos por abandonar el colegio y regresar a sus casas o por comenzar otras actividades que redondearan el reducido sueldo de maestros. Su trabajo no estaba bien pagado y era preciso llegar a fin de mes. Algunos la saludaron y le dijeron que lo sentían mucho. Otros se detuvieron con ella un buen rato y se ofrecieron para lo que hiciera falta. Incluso una de las compañeras más jovencitas le dijo, indignada, que aquello no podía quedar así y le habló de interponer un recurso ante el consejero o de organizar una manifestación. Pero la señorita Collignon no tenía ganas de buscar las cosquillas a nadie y declinó el generoso ofrecimiento estampando un par de sonoros besos en las mejillas de la maestra.

Recordó con melancolía los años pasados en aquellos pasillos, los paseos bajo los árboles a los que había visto crecer y que habían sido testigos y confidentes de su secreto mejor guardado: la espera de su amor de juventud.

Entró en su clase por última vez y se detuvo delante de la ristra de fotografías de años anteriores que ella misma había pegado en la pared, al finalizar cada curso escolar. En todas se repetía la misma imagen: ella, de pie, al lado de dos hileras de niñas y niños sentados en unos bancos del patio, sonriendo al fotógrafo. Repasó todas y cada una de las treinta fotografías, recorriendo en dos minutos lo que había sido su vida como maestra, igual que si fuera un sueño. Así vio cómo su figura había cambiado con el tiempo. Recordó a muchos alumnos y alumnas que en esos momentos tenían altos cargos, eran ejecutivos o ejecutivas, obreros y amas de casa, pero todos excelentes personas. Sin embargo, antes de salir, miró hacia la pizarra y pudo leer lo que habían escrito sus alumnos de sexto: «Nunca la olvidaremos».

La señorita Collignon sintió un nudo en el estómago e inmediatamente apagó las luces para quedarse a oscuras. Después salió del aula secándose los ojos. Quizá fuera verdad que no la olvidarían nunca, o quizá no. Ella no podía saberlo. Había dado a aquellas criaturas lo mejor de su vida, por no decir que se lo había dado todo. Ahora empezaba una nueva etapa que no sabía dónde la llevaría; bueno, sí lo sabía: la llevaría al Raval de Barcelona, a las antípodas de las familias acomodadas de la ciudad.

3. El primer día de escuela

Todos estos hechos habían ocurrido a finales del mes de junio, por lo tanto, al terminar el curso escolar. Llegó el verano y, como cada año, la señorita Collignon se subió al tren en la estación de Francia para ir a pasar quince días a casa de su hermano André, farmacéutico que vivía en Orleans, a unos cien kilómetros de París.

Regresó a Barcelona a finales de agosto, un poco renovada gracias a sus sobrinos y a los nietos de su hermano.

–Seguro que esta nueva etapa será estupenda, Georgette –le dijo André al despedirla en el andén de la estación–. Ya lo verás.

La señorita Collignon intentó sonreírle mientras subía al vagón, pero no estaba muy convencida de lo que le decía su hermano. De momento, para ella, había supuesto un descalabro muy importante.

Unos días después de su llegada a Barcelona, la señorita Collignon tenía en el buzón una carta del Departamento de Enseñanza que le notificaba su nuevo destino. Abrió el sobre en seguida, entre aburrida, temblorosa y curiosa. El nuevo centro al que había sido destinada era una pequeña escuela de Primaria en el barrio del Raval, pegada a la calle Hospital, bajando por las Ramblas desde la plaza de Cataluña, a mano derecha.

Ella conocía bastante bien el barrio, ya que de joven había frecuentado la Biblioteca de Cataluña. Los domingos por la mañana le gustaba bajar por las Ramblas mientras escuchaba los pajaritos que se vendían en los tenderetes y el sol la envolvía, hasta que llegaba a la estatua de Colón y al mar. Cuando pisaba el muelle y veía las barcas que paseaban por el puerto a los turistas, conocidas popularmente como «golondrinas», daba media vuelta y regresaba a casa. Algunos días se adentraba en el antiguo barrio judío y llegaba a la plaza del Pino, donde se levantaba la iglesia a la que a veces había acudido a escuchar algún concierto.

El barrio del Raval había cambiado mucho durante los últimos años, sobre todo, desde que habían empezado a llegar numerosas olas migratorias desde Sudamérica. No solo había inmigrantes de Ecuador, Bolivia y Colombia; también residían allí muchos magrebíes y gente de otros países africanos, negros como el carbón, y pakistaníes, muchos pakistaníes, a los que llamaban «pakis». Todo eso había convertido el barrio en una babel de razas y gentes.

Por las calles habían proliferado sus pequeños negocios, al mismo ritmo que se había incrementado la presencia de la guardia urbana. Los agentes intentaban dar cierta sensación de seguridad a los turistas nórdicos que se atrevían a adentrarse por aquellas calles para visitar el Museo de Arte Contemporáneo. Eran personas que querían hacerse los esnobs y fanfarronear de que habían visitado los entresijos de una de las ciudades más cosmopolitas y «alternativas» de Europa. Tenían suerte si salían de aquellas callejuelas sin que les hubieran birlado los bolsos o las mochilas mientras tomaban un helado o un café.

La señorita Collignon ya se había imaginado que el ambiente que rodearía a su nueva escuela sería un poco distinto del que había disfrutado en la parte alta de Barcelona. Se dio cuenta de ello antes de llegar al colegio, ya que por las calles repletas de gente vio que no abundaban las señoras abrigadas con pieles y calzadas con zapatos de aguja, sino personas vestidas con largas túnicas árabes. Tuvo la impresión de encontrarse en mitad de un zoco de Casablanca o de Estambul, no en la Barcelona abierta al mar.

Tampoco había brillantes cochazos con chófer, sino bicicletas y peatones. No encontró a gente maquillada ni tostada bajo rayos UVA dos días a la semana. Allí no eran necesarios esos artificios. Al cruzar otra calle, vio rostros de tez oscura y bigotes negros en el interior de minúsculas tiendecitas, y le pareció que se encontraba en una de las calles de Lahore, en Pakistán.

Pero lo que más le impactó fue el hecho de que la gente, a pesar de parecer menos refinada, era mucho más agradecida, más natural, que la que ella había frecuentado. A lo mejor se debía a que no tenía nada que aparentar o de lo que presumir. Allí no contaban tanto las apariencias. Aun así, asumió que aquello iba a ser como un pequeño descenso a los infiernos.

Durante los primeros días de estancia en la nueva escuela, advirtió que aquello era mucho peor de lo que se había imaginado. Era como estar refugiada en una trinchera. Los maestros casi temían a los alumnos; el suelo estaba sucio; los lavabos olían mal y el ruido en las aulas era ensordecedor.

Desde el primer día de clase, se dio cuenta de que las faltas de ortografía de los alumnos eran del tamaño de catedrales y de que los niños tenían más ganas de juerga que de otra cosa. En aquel barrio no existía interés por los estudios. La escuela era un lugar donde muchos padres dejaban a los niños para que no molestaran durante el día y porque estaban obligados por ley. De otro modo, estarían trabajando detrás del mostrador de la carnicería o de la tiendecita de «todo a un euro». Parecía que no era muy importante que aprendieran o no.

Tuvo la impresión de haber aterrizado en mitad de la *Obertura 1812* de su querido Tchaikovsky, cuando los timbales y la percusión llaman a la batalla y parecen truenos o cañonazos que hacen añicos las almenas de los castillos y destrozan enemigos, mientras los instrumentos de cuerda suben y bajan aterrados, y el arco golpea las cuerdas de violines y violas con una fuerza brutal. Solo le vino a la cabeza una palabra para definir lo que vio en la primera media hora que pasó en la escuela: *jarana.*

Desde el primer día, la señorita Collignon se percató de que la problemática del colegio no era solo social o de los distintos niveles de aprendizaje de los niños. Había algo más que tenía que ver con los maestros. Estaban desanimados, dejados de la mano de Dios; era como si su destino fuera oscuro y nadie recordara que los habían lanzado a ese pozo. Al llegar, lo que más la sorprendió fue la actitud de muchos de ellos, cuyos ojos parecían pedir: «¡Que paren el mundo, que me apeo!». Algunos –pensó que, seguramente con razón– estaban de baja por frecuentes ataques de nervios, ya que el comportamiento de los alumnos dejaba mucho que desear y tenían la habilidad de hacer que los profesores se subieran por las paredes.

Sus colegas, salvando algunas excepciones, estaban derrotados. Todo era difícil; costaba tanto como hacer rodar una roca por una montaña cuesta arriba. Era como si todos cargaran con una pesada mochila a la espalda.

Por lo que supo, la actividad que más éxito había tenido el curso anterior había consistido en clavar unas banderitas de color amarillo en las caquitas de perros que había por las calles, con el fin de concienciar a los vecinos de la necesidad de recoger los excrementos de sus mascotas. «Muy educativo», se dijo mientras se preguntaba qué cabeza de chorlito habría podido tener una idea tan cochina, que los niños clavaran banderitas amarillas en las cacas de los perros. «¿De qué hay que concienciar a los vecinos? ¿De que no deben ser unos marranos?», pensó ella. Pero, al parecer, era preciso ser original y llamar la atención, salir en los periódicos; a ser posible, en la tele.

Algunos de los maestros –había que reconocerlo– habían convertido aquel colegio en el cuartel de su cruzada particular. Ese era el caso de Jordi López, el joven director que se había estrenado en el cargo año y medio atrás. Por lo que supo, estaba dotado de dotes directivas, porque había sido jefe de una sociedad de *boy scouts* durante unos años.

Lo primero que hizo la señorita Collignon cuando llegó a la escuela fue ir a buscarlo para presentarse. El joven le dio la bienvenida y le explicó el funcionamento y el reglamento del centro, que en algunos aspectos era igual al que ella conocía y en otros, distinto.

–Ya verá, Georgette –le dijo–, que aquí las cosas son un poco distintas. En primer lugar, tenemos que hacer que nos entiendan y, después, enseñarles. Es una tarea lenta. Deberá tener paciencia.

–Pero son niños, ¿verdad? –preguntó ella.

Jordi sonrió y vio que detrás de aquellos ojos del color del Mediterráneo brillaba una luz muy especial.

–Sí, solo niños –respondió mientras recogía sus bártulos para ir a clase.

–Pues en ese caso, me parece que me las arreglaré –dijo la señorita Collignon.

Jordi disimuló una sonrisita irónica al verla tan decidida, si bien se alegró de la actitud que demostraba la nueva maestra. Antes de salir del despacho, a la señorita Collignon se le ocurrió preguntar qué había pasado con la maestra a la que iba a sustituir.

–Sufrió un ataque agudo de nervios –le respondió el director como quien no dice gran cosa–. Está medicándose.

Ella intentó sonreír como si supiera de qué le hablaba y se marchó decidida hacia el aula de sexto. Cuando estuvo delante de la puerta, se esforzó para dominarse y la abrió.

–¡Buenos días a todos! –saludó al grupo de alumnos con todo el entusiasmo que pudo reunir–. Soy vuestra nueva maestra y me llamo Georgette Collignon.

Lo primero que vio al entrar a la clase fue la papelera sobre la mesa del profesor, unos garabatos dibujados en la pizarra y unos niños lanzándose papeles unos a otros. Solo dos alumnos estaban sentados, pero sus ojos casi se le salieron de las órbitas al darse cuenta de que aquellos angelitos estaban tirando aviones de papel por la ventana y de que uno de ellos sujetaba un encendedor.

–Pero ¿qué hacéis, salvajes? –interrogó al ver que iban a encender las alas de uno de los proyectiles de papel.

Los niños escondieron el encendedor en seguida; al instante, una veintena de pares de ojos curiosos prestaron atención a la recién llegada. Algunos la miraron embobados, porque todas las maestras que habían tenido hasta aquel día habían sido muchachas recién salidas de la facultad. Sin embargo, la nueva parecía sacada de un cuento de Roald Dahl. Se extrañaron de que no desapareciera inmediatamente hacia el despacho del director, chillando, aterrada, por los pasillos. En lugar de eso, se sentó en la silla asegurándose de que en ella no le hubieran puesto una chincheta tramposa. Lentamente, y más por el interés que les despertaba la nueva maestra que por ganas de obedecerla, los niños se sentaron en las sillas.

«Si supieran las ganas que tengo de dar clase, terminaríamos en un plis-plas», pensó mientras quitaba la papelera de la mesa y dejaba sus libros sobre ella. Cuando consiguió que los niños se callaran, empezó a pasar lista e hizo que se presentaran, a pesar de que ya había leído sus informes.

Así, sabía que en su pequeña clase había, por lo menos, siete nacionalidades; eso sí que era una novedad para ella. Comprobó que, entre otros, tenía a Adelaida, hija de un ecuatoriano y de una colombiana; a Mireia, la hija pequeña del panadero del barrio, una niña tan bonita como disléxica, y tan tímida que no se atrevía a preguntar nunca nada para que sus compañeros no se burlaran de ella. También estaba Alicia, de padres peruanos llegados pocos meses atrás a Barcelona. Nadir y Mohamed eran dos gemelos marroquíes hijos de Ahmed, quien malvivía trabajando en un taller de reparación de automóviles en el Paralelo y que, según los informes, eran dos de los chicos más moviditos de la clase. Joanot era hijo de un guardia urbano con responsabilidades en el Raval; Maika era hija de peruanos. Abdou, hijo de senegaleses, vivía en un piso pequeño, frío y húmedo con sus cuatro hermanitos; su padre vendía imitaciones por las calles y su madre realizaba trabajillos para una lavandería del barrio. Mateo, proveniente de Bolivia, había llegado hacía poco más de un año. Xiang era una niña china menuda y delicada... Y así, hasta completar la veintena de niños y niñas de la clase de sexto.

Solo un tercio de los alumnos eran hijos de madres o padres del país; esto, que no tenía por qué ser un problema, lo era. Quizá no pudiera hacer nada, o quizá sí. Podía intentar mejorar el nivel cultural de aquellas criaturas. Ella sabía que muchos de los que habían llegado a Barcelona durante los años cincuenta o sesenta del siglo pasado, habían prosperado. Tenían comercios y sus hijos estudiaban en la universidad. Hasta se había dado el caso de alguno que había llegado a ser un político de influencia.

Al ver el poco interés de los niños, la señorita Collignon tomó aire y sonrió tanto como pudo.

31

–¿Alguno de vosotros –preguntó con su característico acento francés que les hizo reír– sabe cantar algo?

Sin orden ni concierto, todos empezaron a cantar a la vez. A causa del alboroto que hacían, abrió la puerta, enfurecido, un profesor que intentaba dar clase en el aula vecina. Entonces los niños se callaron como si hubiera entrado un ogro. El profesor de Gimnasia, el que les ordenaba dar volteretas y poner los brazos en cruz, agacharse y levantarse sin descanso a base de gritos, acababa de entrar en clase. Iba vestido con un chándal verde oliva y lucía una barba negra como una cueva. La señorita Collignon vio que de sus ojos salían chispas, como si algo ardiera en su interior.

Lo primero que hizo, sin decir ni una palabra, fue coger varios libros de un estante y clavar con ellos un golpe seco y rotundo sobre el pupitre de Xiang, que tembló y casi se partió por la mitad.

–¿Queréis callaros? –bramó, rojo como un pimiento.

Al ver la cara que puso la señorita Collignon, el hombre se excusó:

–Es el lenguaje que entienden estos –dijo, como si los niños no estuvieran delante.

–Pero esto no es un cuartel militar, señor –replicó ella.

–¡Ya lo creo que sí! Así es como funcionamos aquí y, créame, ¡nos sirve!

–A lo mejor no vendría mal un poco de autoridad, pero...

–Bien, perdone la interrupción –se excusó el profesor de Gimnasia abriendo la puerta–, creía que no había nadie en el aula.

Tal y como había entrado, el hombre salió, pero antes miró al grupo de niños con cara de haberse comido un limón amargo y torciendo la boca con un gesto de amenaza.

Por suerte, al poco rato sonó la sirena que anunciaba la hora del descanso. La señorita Collignon intentó que los alumnos salieran ordenadamente al patio; allí, el alma se le cayó de nuevo a los pies. Ella estaba acostumbrada a un patio lleno de árboles y de flores, y aquello parecía una prisión rodeada por altos muros de cemento. De hecho, solo faltaban alambres metálicos para que lo fuera. El patio era raquítico y jamás le daba el sol. Las paredes estaban sucias y los niños tenían poco espacio para jugar al fútbol o a otros juegos sin chocar.

* * *

Las primeras semanas de curso fueron muy intensas, pero poco a poco la señorita Collignon consiguió que sus alumnos permanecieran sentados en las sillas durante la hora de clase. Con voz dulce, algunos cuentos y muchas felicitaciones a los que más se aplicaban, logró que su clase de sexto se pareciera a un aula normal.

En seguida se dio cuenta de que todos los niños querían ser felicitados y que en sus libretas escribiera palabras que gustaran a sus padres cuando se las mostraran. Sin embargo, y a pesar de su buena disposición para estimularlos, le dolió tener que suspender a algunos chicos que no tenían ningún interés en lo que les explicaba. Así se lo comentó al director del centro cuando evaluaron su trabajo tras un mes de estancia en el colegio:

–No tengo por costumbre poner notas más bajas de cinco –explicó–. Es más, creo que no lo he hecho en mi vida. Pero me parece que ha llegado el momento de suspender a algún alumno.

–Estoy de acuerdo con usted –asintió Jordi López–. No es que los castigos sean muy eficaces, pero han de saber que, si no trabajan, no se les premia.

Una noche se miró en el espejo y pensó que tenía que ir a la peluquería, ya que las primeras semanas de trabajo en la escuela habían hecho que le salieran más canas de las esperadas. Con cierta tristeza se dio cuenta de que nadie de su antigua escuela se había acordado de ella. Tan solo, pasados unos meses, recibió una postal desde un pueblecito del Ripollés, lugar donde su antigua clase había ido a pasar unos días de colonias, pero nada más. Parecía que había dejado de existir, tanto para aquellos niños como para sus antiguas compañeras.

4. El *Vals del Emperador*

Las semanas pasaron lentamente. Hacia mitad del mes de octubre, con más o menos acierto, la señorita Collignon había conseguido que los niños de sexto aprendieran alguna cosa. Le costaba entenderse con Abdou, ya que todavía no dominaba el idioma. Mireia Guinjoan, la hija del panadero, también la preocupaba, porque cuando escribía no ligaba bien las letras, y cuando leía, las confundía con demasiada frecuencia, de modo que lo que terminaba diciendo no tenía ningún sentido. Lo que más la enfadaba, sin embargo, era que algunos compañeros de la clase, como Alicia o Mohamed, se burlaban de ella.

–Eres cortita –le decían cuando la maestra no los oía–. Estamos en sexto y todavía no sabes ni leer.

–Mireia, *edes* de *atí* y lees *peod* que yo –decía Mohamed, el niño marroquí, que tenía un carácter de mil demonios.

Entonces, a Mireia le daban unas lloreras que ni las de María Magdalena, y se iba a un rincón durante el resto de la clase, sin decir ni pío.

Un día, la señorita Collignon estaba un poco nerviosa. Había tenido una mañana agotadora, intentando que los estudiantes aprendieran algunas palabras en francés. Decidió que, para la tarde, llevaría a clase un aparato de música. No sabía si lo hacía por ella o por los niños. El caso es que les puso una de las piezas más tranquilas y armónicas de Strauss, el *Vals del Emperador*, que ella acostumbraba a oír una vez al año, el día del concierto de Año Nuevo, retransmitido por televisión desde la suntuosa Ópera de Viena.

Hizo que todos se sentaran y que pusieran los brazos encima de la mesa. A continuación, pulsó un botón y las notas del vals envolvieron la clase. Cuando la chiquillada oyó los timbales y la percusión, sus pies y sus piernecitas empezaron a removerse debajo de las mesas. Todos empezaron a golpear el suelo siguiendo el ritmo preciso y matemático de una música que todos escuchaban por primera vez. Hasta ahí fue todo bien, pero, pasados unos segundos mágicos, algunos de los más atolondrados se levantaron de sus sillas y empezaron a bailar por la clase como si estuvieran en el palacio de Salzburgo. La señorita Collignon pensó que, si no podía vencer a su enemigo, lo mejor que podía hacer era aliarse con él. Así que pidió a los niños que apartaran las mesas y las sillas, con una sola condición: podrían bailar si se comportaban y no chillaban. Después del *Vals del Emperador*, danzaron al ritmo de *El viejo Danubio azul*.

La señorita Collignon bailaba con unos y con otros. Todos querían hacerlo con ella; parecía que era la primera vez en su vida que los niños hacían una actividad tan divertida y motivadora. La música dejó de sonar; entonces llegó la hora de dar la clase por terminada e iniciar un merecidísimo fin de semana.

«Quizá sea mejor que, la próxima vez, les ponga alguna pieza de Bach o de Mozart», se dijo la señorita Collignon mientras caía reventada sobre la silla. Por suerte, no habían alborotado y el profesor de Gimnasia no había interrumpido su clase como sucedió al inicio del curso.

El lunes siguiente, Jordi, el director, llamó a la señorita Collignon a su despacho. Ella lo encontró ordenando unos archivadores, pero se dio la vuelta en cuanto entró.

–Hola, buenos días, señorita Collignon.

–Buenos días, Jordi –le saludó ella.

–¿Cómo va todo?

–Bien, creo que bien. ¿Por qué? ¿Ocurre algo? –preguntó a la defensiva.

Jordi inició una sonrisa para calmarla y le respondió:

–No, no quiero quejarme de nada, señorita Collignon –dijo–. Estamos muy satisfechos de sus primeras semanas aquí. Se nota que tiene mucha experiencia. Solo quería que supiera que ha venido el padre de Mohamed y Nadir para protestar por el baile del pasado viernes en clase de Música.

–¿Y ese señor ha protestado porque hemos escuchado música? –se extrañó ella.

–No, por la música no; por el baile. Parece ser que los musulmanes están en el mes de ramadán y tienen prohibidas esas prácticas.

«¡Vaya! –se dijo la señorita Collignon–, si el padre de Mohamed y Nadir pretende que enseñe música sin cantar ni bailar, no sé cómo me las arreglaré». Pero además Mohamed soltó en clase:

–Bailar está prohibido; me lo ha dicho mi padre.

–¿Cómo dices, Mohamed? –preguntó ella, rompiendo la tiza que tenía entre los dedos–. ¿Quién lo ha prohibido, si puedo saberlo?

El resto de los niños, que lo habían pasado estupendamente el día de los bailes, empezaron a murmurar; ella tuvo que morderse la lengua, pero pensó que tenía que poner algún remedio.

Esa tarde, al salir de la escuela, la señorita Collignon no se encaminó al metro para regresar a Gracia, sino que se dirigió a la calle del Carmen para ir hacia el Paralelo. Quería hablar con el padre de los gemelos marroquíes.

Era un día radiante y las calles estaban infestadas de motos y algunas peligrosas bicicletas que pasaban rozándola por todos lados mientras la esquivaban. Atravesó la Rambla del Raval y pronto llegó a la avenida del Paralelo, donde trabajaba el padre de los gemelos.

No le costó demasiado dar con el taller de coches, que se encontraba pegado al teatro Apolo. Debajo del cartel en el que ponía «Planchistería López», vio a tres chicos que examinaban un coche con más ganas que pericia. Iban vestidos con grasientos monos azules; los tres se dieron la vuelta al ver que una mujer de cierta edad, cargada de libros y libretas, se dirigía hacia ellos.

–Busco a Ahmed Benkiran –dijo la señorita Collignon–. ¿Trabaja aquí?

Los chicos, con una actitud fanfarrona, la miraron como si le perdonaran la vida. Uno de ellos, que lucía largas patillas, un par de aros en la nariz y que hablaba sin sacarse el pitillo de la boca, le respondió:

–Lo encontrará dentro.

Ella entró en el garaje sin dudarlo un segundo. Al fondo, al lado de un Seat Ibiza rojo, dio con un operario que repasaba la carrocería de un coche.

–Quería tener unas palabras con usted, si no tiene inconveniente –dijo la señorita Collignon, apostada junto al vehículo.

–Estoy trabajando –le respondió el hombre dándole la espalda para coger una llave inglesa que había sobre un banco.

«Qué maleducado», pensó ella. Pero no desistió:

–Soy la maestra de sus hijos –le indicó sin perder los estribos.

Al escuchar estas palabras, el hombre se quedó helado y se volvió para mirarla.

–Me parece –continuó ella muy seria– que ha ido a la escuela a quejarse porque el viernes pasado escuchamos música y los niños bailaron un rato.

–Mis hijos, como yo, intentan ser buenos musulmanes y no pueden bailar en clase –replicó–. La clase es para aprender, no para bailar.

–¡Ah! Pero es que los niños tienen que hacer lo que hacen los demás. Olvide si sus hijos son musulmanes o budistas. En clase de Música se tiene que escuchar música.

El padre de Mohamed y Nadir se volvió de espaldas otra vez mientras maldecía con menosprecio:

–Basura de leyes y basura de gente.

–Mire –dijo ella, intentando no perder la paciencia–. Yo entiendo que no es agradable salir del propio país para ir a otro lugar en busca de trabajo. Créame, yo tuve que hacer lo mismo hace muchos años, ¿sabe? Yo también soy inmigrante.

Al oírla, el hombre abrió unos ojos como platos.

–Sí, no soy de aquí. Soy francesa, o sea, que si quiere, podemos seguir hablando en francés. Llegué hace muchos años, le hablo de finales de los años sesenta, cuando a Barcelona llegaban miles de personas que huían de lugares sin comida ni trabajo. Igual que tuvo que hacer usted, supongo, para buscarse la vida, yo también tuve que adaptarme y no quise cambiar las leyes ni las costumbres, porque era yo la recién llegada. O me adaptaba o regresaba a casa; también podía decidir ser una forastera en mi tierra de acogida y, mire, no me pareció muy inteligente, la verdad.

–Yo hago mis leyes –replicó el hombre.

La señorita Collignon no se dejó intimidar y le contestó:

–En su casa usted hará y deshará lo que le venga en gana, pero en la escuela me parece que no. ¿Me entiende? De todas maneras, créame, si continúa diciéndoles a sus hijos lo que está bien o no en clase y desautoriza a los profesores, me veré en la obligación de hablar con el inspector. Me entiende, ¿verdad?

El mecánico marroquí la miró por debajo de sus negras cejas con una actitud que pasó del menosprecio al respeto. La palabra mágica, *inspector,* surtió el efecto esperado, ya que el hombre cambió la expresión de su cara.

–Cuando vine aquí, lo que no hice –continuó la señorita Collignon– fue enfrentarme a las costumbres que encontré. A mí no me gustaban muchas cosas y las tuve que respetar. Me comprende, ¿verdad que sí?

El padre de sus dos alumnos murmuró algo que pareció una disculpa y bajó la cabeza. Después de la brevísima charla, la señorita Collignon salió del taller; le temblaban las piernas. «Ignorancia más que mala fe, mucha ignorancia», se dijo mientras regresaba por el Paralelo hacia las Ramblas.

No estaba dispuesta a perder esa batalla, así que, a la mañana siguiente, puso a sus estudiantes un fragmento de la *Misa de la Coronación* de Mozart, mientras hacían unos ejercicios de francés. La música fue llenando la clase igual que un perfume que se hubiera derramado de su frasquito, y fue endulzando el suelo y las paredes con la misma fragancia que la de un lirio de los valles. Los compases suaves de los violines alternaban con las largas y casi inaudibles vocales de la cantante. Era como si estuvieran a la orilla del mar y las olas llegaran suave y tranquilamente a la arena en un día soleado y luminoso.

La música de Mozart era puntual como un reloj suizo. Las notas se marcaban con precisión matemática, como si estuvieran diseñadas al milímetro con un tiralíneas, y no fallaba ni una. Casi se podían medir todas y se sabía cuándo vendría la siguiente.

El encanto mágico de Mozart se rompió repentinamente cuando la profesora de Lengua entró en la clase para dar un recado a la señorita Collignon; la mujer se quedó de piedra ante el silencio que reinaba en el aula.

–La música amansa a las fieras, ya ves –sonrió la señorita Collignon.

–Sí, ya lo veo –respondió secamente la recién llegada, que no acababa de aprobar los nuevos métodos de la profesora de Francés–. Perdona, pero tienes que salir. La madre de Abdou pregunta por ti. Está fuera, en la calle.

La señorita Collignon se quedó sorprendida; se levantó de la silla y detuvo la música.

–Portaos bien, ¿eh?, por favor –dijo mientras iba hacia la puerta.

Entonces, la señorita Collignon vio cómo su sustituta cogía el listón de madera que ella usaba para señalar en la pizarra y daba unos golpecitos en la mesa.

–¡Bien! ¡Quietecitos, ya lo habéis oído! ¡No quiero oíros! –dijo de manera fría y desagradable–. Continuad con lo que hacíais.

Toda la clase de sexto tragó saliva e hizo exactamente lo que se le había dicho, como robots. Cogieron el libro y continuaron con los ejercicios de francés.

Mientras tanto, la señorita Collignon salió a la calle y allí, plantada al lado de la puerta de la escuela, vio a una chica joven. Tenía la piel de un tono negro azulado e iba vestida con ropa estampada de figuras geométricas naranjas, verdes y azules, como les gusta lucir a las africanas cuando se arreglan. Era jovencísima y, aun así, ya tenía un hijo de once años. La señorita Collignon se fijó en que la mujer llevaba a una niña colgada en bandolera, atada con un pañuelo del color de la sangre, y una especie de fiambrera entre las manos.

–Soy la señorita Collignon –la saludó–. Usted dirá.

Sin embargo, la chica no dijo nada; se limitó a ofrecerle lo que llevaba en las manos. La señorita Collignon cogió la fiambrera de latón y abrió la tapadera. Dentro había una especie de sopa hecha de arroz, tubérculos y zanahorias mezcladas con lentejas. No había ni rastro de carne o, si la había, estaba muy disimulada.

–¿Qué es esto? –se extrañó la maestra.

–Es para Abdou –respondió la muchacha.

La señorita Collignon la miró sin entender nada. ¿La joven le daba eso a ella para que se lo hiciera comer a su hijo?

–Si su padre se da cuenta de que no se lo ha comido cuando vuelva esta noche –continuó la chica–, le pegará de nuevo.

–¿Y por qué no lo tira a la basura?

La muchacha se encogió de hombros y la señorita Collignon miró de nuevo el contenido de la fiambrera con cara de asco. Entendió perfectamente a Abdou, el niño más callado de la clase. «A mí tampoco me gustaría comerme esto», pensó. Dijo a la madre que haría lo que pudiera y regresó a clase. Mientras entraba a la escuela se giró y se fijó en que la chica todavía estaba quieta al otro lado de la calle. Se le encogió el corazón pensando qué clase de vida podría tener esa familia allí, lejos de su tierra. Nunca una madre la había hecho salir al paseo de la Bonanova para darle los restos de la cena que uno de sus alumnos no se había terminado la noche anterior.

Por la tarde, acompañó a Abdou a su casa y subió resoplando hasta el cuarto piso. La escalera no tenía luz y era muy húmeda. Las paredes estaban mojadas y las losas del suelo, rotas o desconchadas. Eso y el hedor del vecindario le provocaron náuseas. Cuando llegaron arriba, llamaron a la puerta y la madre de Abdou les abrió. Al ver a la maestra se espantó, pero después inició una tímida sonrisa.

–¿Puedo pasar? –le preguntó la señorita Collignon.

La muchachita dudó unos momentos, pero en seguida abrió la puerta de par en par. La maestra vio que aquel piso tenía más ventilación que la estación de Francia e intuyó que durante el invierno debía de ser una nevera. No tenían electricidad y los muebles de la casa se reducían a una mesa, tres sillas y unas cajas de cartón en las que se apilaban cosas que en otro hogar habrían estado guardadas en armarios. La ropa estaba esparcida por las habitaciones sobre periódicos húmedos. Tres niños pequeños jugaban en el suelo. Uno de ellos gateaba y los otros dos se peleaban por una muñeca medio rota que uno cogía por el brazo y el otro, por una pierna.

–¿A qué se dedica su marido? –preguntó la señorita Collignon a la muchacha.

–Ajam vende cosas –le respondió la chica, sin atreverse a mirarla a los ojos.

–¿Vende cosas? –se extrañó la maestra–. ¿Qué tipo de cosas?

–Cosas en la Rambla y en el paseo de Gracia, y en otras calles céntricas.

–Vaya, o sea, que se dedica al «top manta».

–Sí, creo que así lo llaman.

La señorita Collignon la miró mejor y se alteró: le pareció ver que tenía una mejilla más hinchada que la otra y que, debajo de un ojo, la piel oscura parecía más violeta. Sí, no podía ser otra cosa, concluyó: la chica había sido golpeada con brutalidad, probablemente por su marido.

Después, se dirigió hacia la minúscula cocina donde la joven africana cocinaba esa especie de guiso utilizando lo que tenía por la casa. En la olla hervía algo que no olía muy bien. La madre de Abdou se había quedado plantada junto a la puerta y la miraba.

–¿Siempre comen esto? –le preguntó.

La chica miró al suelo avergonzada y la señorita Collignon advirtió pronto qué era lo que ocurría. La muchacha temía al padre del niño.

–¿Cuántos años tiene? –le preguntó.

La madre de Abdou, que había llegado tres años atrás en una patera desde Marruecos después de un largo periplo por Mauritania y embarazada de la niña que jugaba con la muñeca rota, le respondió:

–Veinticuatro.

–¡Virgen Santísima! –exclamó la señorita Collignon, calculando que esa chica había dado a luz a Abdou cuando contaba catorce años. Después añadió–: ¿Y su marido?

–Ajam tiene tres más que yo.

–Tienen que comer mejor; usted tiene que criar a los niños, necesitan pescado y proteínas. Proteínas, ¿entiende?

La chica no entendía nada; ella se apresuró en decir:

–Carne. Han de comer carne.

La señorita Collignon salió de la casa bajando aprisa las escaleras, en las cuales se mezclaban los olores ácidos de los orines con los de la humedad. Al llegar a la calle, tomó la decisión de ir inmediatamente a la oficina de Servicios Sociales. Aquello no podía continuar de ese modo. Estaba claro que ella no podía ocuparse de todos los que pasaban hambre o carecían de recursos en aquel barrio, porque no hubiera hecho nada más en todo el día, pero sí que podía ocuparse, al menos, de los que tenía en clase.

En un periquete llegó a las oficinas del Departamento de Bienestar Social, donde le dijeron que cogiera un numerito. Esperó hasta que llegó su turno, sentada entre gente de países tan diversos que le dio la impresión de encontrarse en el aeropuerto de Riyadh, en Arabia Saudí. Cuando la pantalla mostró su número, se dirigió a una mesa en la que estaba sentada una chica joven.

–¿En qué la puedo ayudar? –preguntó esta mientras masticaba un chicle de fresa que entraba y salía de su boca en forma de pequeños globos.

–Hay una familia senegalesa en la calle de las Egipcíacas que necesita ayuda.

–No deben de tener papeles –respondió la muchacha con un gesto displicente de la mano–. Hay docenas así, ¿sabe?

–¿Y qué? –replicó la señorita Collignon–. Tienen que recibir ayuda.

–No podemos hacer nada, lo siento.

–¿Cómo que no pueden?

–Lo que oye.

La señorita Collignon se quedó fría como un cubito por fuera, pero por dentro hervía como una patata frita. ¿No podían auxiliar a la familia de Abdou? ¿Qué se había creído esa jovenzuela que estaba detrás de la mesita, masticando chicle de fresa y haciendo esos ruiditos tan repugnantes?

–¿Ah, no? No se preocupe, ya iré a hablar con mi amigo inspector –dijo muy seriamente, como si supiera de qué hablaba.

De repente, la masticadora de chicle se levantó de su silla y sacó unos papeles de un cajón para que los rellenara. Otra vez la palabra mágica «inspector» la había ayudado más de lo que esperaba. «Quizá, al final, el inspector vaya a ser de utilidad», pensó mientras entregaba los papeles ya rellenados en un mostrador.

Una vez que salió de la oficina, respiró más tranquila. Entonces cayó en la cuenta de que, desde que había llegado a la escuela del Raval, su vida estaba mucho más llena. Cuando hacía algo por aquellos niños y sus familias, tenía la impresión de que rejuvenecía. Eso de arremangarse en aquel barrio era mejor que enseñar en la zona alta de la ciudad.

Unos cuantos días más tarde, supo por Abdou que dos asistentas de Bienestar Social habían ido a su casa y les habían prometido ayudarlos; habían llevado con ellas unas bolsas de comida y les habían ayudado a limpiar la casa.

5. El ruiseñor del Liceo

Desde el primer día de colegio, la señorita Collignon había sido muy consciente de que dar clases de Francés y de Música a niños de siete nacionalidades no era tarea fácil. Abdou, el niño de Senegal, pasaba la clase medio aburrido en un rincón; Alicia y Adelaida, las dos niñas sudamericanas, hablaban por los codos; los dos gemelos marroquíes, Mohamed y Nadir, no entendían demasiado el idioma (o hacían creer que no lo entendían); Mireia continuaba con sus problemas de aprendizaje y con sus lloriqueos cuando se reían de ella. Parecía que los únicos que seguían las explicacions eran Joanot, Clara y Mateo. Tampoco la niña china, Xiang, daba muestras de entender nada, pero como mantenía los ojos abiertos, parecía que atendía a las explicaciones y que las comprendía, mientras la miraba sonriente.

Las cosas cambiaron un buen día del mes de marzo, poco antes de empezar la primavera. Aquel mes ocurrió lo que sucede siempre en Barcelona: parecía que el verano había llegado de golpe, y se pasó del frío más espantoso a un calor pegajoso que podía durar una semana entera. Aquel miércoles lucía un sol espléndido y los brotes de los árboles habían empezado a florecer días atrás. En las clases hacía calor, por lo que las ventanas estaban abiertas. Por ellas se colaban los ruidos de la calle, las sirenas de la policía o de las ambulancias que bajaban por las Ramblas, así como también los gritos de algunos vecinos. «Es mejor aguantar el bullicio que ahogarse bajo estos tejados prefabricados», pensaba la señorita Collignon.

En el Raval, no todo era de color negro. La escuela estaba pegada al Liceo y, con suerte, si se abrían las ventanas, a veces se podían oír las voces de los artistas que ensayaban las óperas o los recitales.

Debían de ser las cuatro de la tarde. Los niños, de regreso del patio, se habían sentado y ella había empezado a hablar en francés despacito, para que entendieran aquellas palabras nuevas e indescifrables.

Por unos momentos, la señorita Collignon se quedó en silencio y fue como si pasara un ángel, porque entonces se produjo el milagro: de repente, el aula se llenó con una voz dulce y suave como la miel. Era una soprano que ensayaba en el Liceo con su ventana abierta.

La señorita Collignon reconoció la canción al instante. Era la habanera de la ópera *Carmen* de Bizet.

¿Cuándo te amaré?
Soy tonta, no lo sé.
Quizá nunca, quizá mañana.

Pero no hoy, estoy segura.
El amor es un pájaro rebelde
que nadie puede domesticar.

Los niños se quedaron boquiabiertos al oír aquel canto; uno a uno se fueron callando. La letra hizo regresar a la maestra al París de su juventud, a los paseos por los jardines de Luxemburgo del brazo de Ricardo Reguant, el reconocido pianista. En un minuto, la clase quedó convertida en un pozo de silencio.

Uno habla bien y el otro calla.
Y es al otro al que prefiero,
no ha dicho nada, pero me gusta.
¡El amor, el amor, el amor, el amor!

No se movía ni una mosca; los niños estaban muy atentos. Hasta el propio Nadir, que era un chico inquieto que no dejaba de agitarse en su silla, estaba embobado mirando por la ventana.

–Es bonito –dijo su gemelo, Mohamed, mordiendo el lápiz.

La solista aún no había acabado la canción, cuando se empezaron a oír los coros del Liceo, que ensayaban la conocida marcha del *Toreador* de la misma ópera. Una a una, las voces se fueron sumando al canto, que crecía con intensidad militar, hasta que todo el coro cantó la conocida melodía.

Toreador, toreador...

Esa tarde, mientras los niños trabajaban en silencio, con las ventanas abiertas de par en par para que entraran por ellas las canciones que los artistas ensayaban, podríamos decir que la señorita Collignon vio la luz.

Ella no iba al cine con frecuencia, pero esa tarde recordó una película francesa que había tenido cierto éxito y que había visto en los cines Verdi unos años atrás. Si no recordaba mal, se llamaba *Los chicos del coro*; contaba la historia de un maestro supervisor que llegaba a una especie de orfanato lleno de niños conflictivos. Allí, el hombre, que además era un compositor de música de poco éxito, se apiadó de aquellos chicos y decidió organizar una coral. Ella prefería la versión más antigua de la película francesa, que tenía un título más bonito y poético: *La jaula de los ruiseñores*. Así que la señorita Collignon, a sus sesenta y dos años, encontró un nuevo reto en su vida: organizar una coral con los niños y niñas de su clase.

Esa misma tarde, a las cinco y media, cuando terminó de corregir unos ejercicios de francés, fue a ver a Jordi López a su despachito y le explicó su idea.

–¿Una coral? –se extrañó el director al oírla–. Me parece una buena idea. ¿Qué necesitará?

–Pues, para empezar, un aula y un aparato reproductor de música. El piano ya te lo pediré más adelante.

Jordi rompió a reír y dijo:

–Creo que lo del aparato de música lo podremos arreglar, pero para lo del piano tendrá que escribir a los Reyes Magos...

La selección de cantantes empezó la mañana siguiente. Uno a uno, los niños y niñas desfilaron ante la señorita

Collignon quien, con la lista en la mano, les hacía repetir las notas que ella cantaba.

–Laaa –hacía la señorita Collignon.

–Laaa –repetían ellos.

–Reee –cantaba ella, cambiando de nota musical.

Así hizo una prueba de canto a todos y cada uno de los niños y niñas de sexto. Cuando un estudiante terminaba, la señorita Collignon apuntaba junto a su nombre qué clase de voz tenía: bajo, *mezzosoprano,* soprano, tenor o contralto.

Cuando le pareció que ya tenía un grupito de buenas voces, la señorita Collignon salió de la clase con la lista en la mano. Sin embargo, vio, extrañada, que en el pasillo quedaba una alumna. Medio escondida detrás unos abrigos que colgaban de los armaritos, Mireia Guinjoan, la hija del panadero, la miraba con ojos grandes y expresivos.

–¿Qué haces aquí, Mireia, guapa? –le preguntó en seguida la maestra.

–Espero, señorita –le respondió la niña tímidamente, comiéndose algunas letras–. Han entrado todos menos yo.

«¡Qué tonta!», se dijo la señorita Collignon. Quizá se le había pasado por alto y la pequeña Mireia no había cantado. Miró la lista y vio que al lado del nombre de la niña había un espacio en blanco. La señorita Collignon estaba agotada y eran casi las cinco de la tarde, pero le dijo:

–Anda, pasa.

La niña entró asustada en la aula. La señorita Collignon hizo que se acercara a la mesa y la miró a los ojos.

–¿Es un examen sorpresa? –le preguntó Mireia, temblorosa.

–No, tesoro, solo es para cantar –le respondió la maestra.

–¿Cantar?

–Sí, cantar. ¿Te gusta cantar, Mireia?

–Mucho, señorita –dijo la niña, escondiendo con vergüenza sus manos en los bolsillos de la bata.

–Pues ahora quiero que cantes en el tono que oigas.

–¿Qué es el tono? –preguntó la niña.

La señorita Collignon levantó los ojos al cielo implorando paciencia y le respondió:

–Tú repite lo que oigas, ¿de acuerdo?

–De acuerdo –dijo Mireia decidida, sacando las manos de la bata.

Entonces, la señorita Collignon hizo un la, tan solo un la, y Mireia, la hija del panadero, repitió brevemente el sonido que había oído. Después, la señorita Collignon hizo un sol y Mireia lo repitió correctamente. «No tiene mala voz», pensó la señorita Collignon. Es más, podía afirmar, con sorpresa, que la voz era muy buena.

–Bastante bien –afirmó complacida–. Ahora quiero que cantes una canción que sepas. ¿Conoces alguna?

Mireia afirmó con la cabeza y empezó:

Tengo una muñeca vestida de azul,
con su camisita y su canesú.
La saqué a paseo y se me constipó,
la tengo en la cama con mucho dolor.
Esta mañanita me dijo el doctor,
que le dé jarabe con el tenedor.

–Muy bien –dijo la señorita Collignon al oírla–. Pero ahora quiero que cantes una octava más arriba.

–¿Una qué? –se extrañó Mireia, abriendo los ojos.

Como la niña no sabía qué era subir de tono, la señorita Collignon empezó a cantar la popular canción en un tono más agudo y Mireia comenzó de nuevo:

Dos y dos son cuatro, cuatro y dos son seis,
seis y dos son ocho, y ocho dieciséis,
y ocho veinticuatro, y ocho treinta y dos.
Ánimas benditas, me arrodillo yo.

Fue abrir la boca y su voz envolvió de seda toda la clase, una seda de color de rosa, pero no un rosa normal, no. Era un rosa lleno de matices, tornasolados, iridiscentes, vibrantes, algunos opacos y otros, refulgentes como el oro. Fue como una cascada de agua limpia y pura que bajara por los torrentes del Pirineo; la señorita Collignon tuvo la sensación de trasladarse a un lugar desconocido y plácido.

Después la hizo subir todavía una octava más, para ver hasta dónde podía llegar. La niña continuó cantando, como si forzar la voz hasta aquellos extremos no le supusiera esfuerzo alguno:

Tengo una muñeca vestida de azul,
zapatitos blancos y gorro de tul.
La llevé a paseo y se me constipó,
la tengo en la cama con un gran dolor.
Dos y dos son cuatro, cuatro y dos son seis,

seis y dos son ocho, y ocho dieciséis,
y ocho veinticuatro, y ocho treinta y dos.
Estas son las cuentas que he sacado yo.

Entonces ya no fue un torrente de agua limpia lo que llenó la clase. Fue una explosión de colores y de fuegos artificiales, pues tanta era la luz que se confundía con el sol que entraba a raudales por la ventana, mientras la señorita Collignon veía toda clase de cohetes de colores, bengalas, petardos y tracas. Por un momento, tuvo la sensación de que estaba sentada en un palco del Liceo, escuchando un aria de Montserrat Caballé o de Edita Gruberova.

La pequeña Mireia, sin duda la peor alumna de su clase, que arrastraba graves problemas de dislexia, sabía modular la voz, tenía un timbre precioso y, sobre todo, una potencia pulmonar impensable dentro de esa pequeña cajita. Por fuera parecía que solo había piel y huesos, pero escondido debajo de aquella bata de color azul había... había un diamante.

Cuando terminó la canción, la señorita Collignon tenía los ojos abiertos como platos y sentía palpitaciones en el corazón. Al ver cómo la miraba, Mireia se espantó tanto que le preguntó:

—¿No lo he hecho bien, señorita?

—Lo has hecho muy bien, Mireia, muy bien —dijo la señorita Collignon bajando de la luna—. Estoy muy contenta.

La niña salió de clase con el corazón lleno de gozo y una sonrisa de oreja a oreja. Era la primera vez en su vida que le decían que había hecho algo de manera excelente. Cuando Mireia hubo salido, la señorita Collignon aguardó unos momentos para recuperarse. En la lista, al lado del nombre de la niña, no apuntó ni soprano, ni *mezzosoprano* ni contralto ni nada: dibujó un diamante grande y brillante porque acababa de descubrir una joya.

Al final del día y de las pruebas, la señorita Collignon estaba muy satisfecha, diríase que emocionada y temblorosa. Tenía una veintena de voces como pájaros. Hizo la cuenta y vio que tenía suficiente para empezar: cinco sopranos, seis tenores, dos pares de contraltos, unas cuantas *mezzosopranos,* un bajo con voz de búho y un ruiseñor, al que no podía meter en ningún grupo, que se llamaba Mireia Guinjoan.

Los ensayos empezaron dos días después, en clase de Música. La señorita Collignon dividió la coral en dos grupitos y empezó con una pieza sencilla que les hizo cantar a canon: la primera mitad empezaba a cantar y la otra mitad se les unía cuando ella se lo indicaba, en mitad de la canción.

Había una vez un barquito chiquitito,
había una vez un barquito chiquitito,
había una vez un barquito chiquitito
que no podía, que no podía, que no podía navegar.

Pasaron un, dos, tres, cuatro, cinco, seis, siete semanas,
pasaron un, dos, tres, cuatro, cinco, seis, siete semanas,
pasaron un, dos, tres, cuatro, cinco, seis, siete semanas
y el barquito que no podía, que no podía,
que no podía navegar.

Y si esta historia no te parece larga,
y si esta historia no te parece larga,

y si esta historia no te parece larga,
la volveremos, la volveremos, la volveremos a empezar...

Los brazos de la señorita Collignon se movían arriba y abajo. El ejercicio se repitió algunas veces y quedó poco satisfecha. Además, en seguida cayó en la cuenta de que le faltaba la pieza más importante de la coral: Mireia, que aquel día no se había presentado en la escuela.

El segundo día que la niña faltó a clase, la señorita Collignon se enteró de que dos días antes había llorado mucho a la hora del recreo. Una maestra la había abochornado delante de sus compañeros y Mireia había decidido no regresar al colegio nunca más.

–No quiere venir al cole porque nos reímos de ella –le dijo Adelaida, la mejor amiga de la niña.

La señorita Collignon decidió que esa misma tarde iría a la panadería de su padre. Así, al salir de la escuela, torció por la calle de Xuclá y entró en el horno Guinjoan. Aprovechó para comprar una barra de pan y unos pastelitos, y solicitó ver al dueño. Pocos minutos después, mientras ella comía más por capricho que por hambre un pastelito, un hombre salpicado de harina salió del obrador y la señorita Collignon le explicó de qué se trataba.

–Si la niña no quiere regresar al colegio, es que no quiere –le respondió, secándose las manos en un trapo–. Que se quede aquí y ya le daremos trabajo en la panadería. No se preocupe.

Ella intentó que entrara en razón hablándole de la necesidad de una buena educación: que si el día de mañana, que si los estudios, que si patatín y que si patatán, pero parecía que el señor Guinjoan era duro de mollera y no prestaba atención a ninguno de sus argumentos.

–Pero, escuche –dijo finalmente la señorita Collignon, buscando las mejores palabras para hacerse entender–. ¿No sabe que puede tener problemas con el director de la escuela?

–¿Con Jordi? –se rio–. Que me busque las cosquillas, que me las va a encontrar.

Como se dio cuenta de que con el padre de la niña no había nada que hacer, optó por cambiar de táctica.

–¿Podría hablar un momentito con su hija, por favor? –le preguntó amablemente.

El hombre caviló un segundo y, como vio que la maestra era clienta, respondió:

–Está en el almacén, por allí –dijo, señalando una puerta de hierro que conducía hacia un patio interior–. Yo tengo que regresar al horno a amasar cruasanes.

Mireia estaba sola, sentada sobre unos sacos de harina y jugando con una pelota de tenis; le pareció que estaba igual de perdida allí que en la escuela.

–Hola, señorita Collignon –saludó al verla.

–Hola, Mireia, guapa –dijo ella.

–No quiero regresar al colegio –le dijo la niña, que ya se imaginaba el contenido de la conversación.

Pero la señorita Collignon era más lista que el hambre y le dijo:

–Ya lo sé, me lo ha dicho tu padre. Es una lástima, porque todos te echan mucho de menos.

La cara de Mireia se iluminó por un momento.

–¿Ah, sí? –preguntó, abriendo unos ojos como platos–. ¿Todos?

–Bueno... todos, todos, no. Quizá aquel par de gandules de Nadir y Mateo no, pero yo, sí, mucho. Además, tengo un problema muy gordo, ¿sabes?

–¿Qué problema tiene? –le preguntó la niña con curiosidad.

–Necesito una voz como la tuya en la coral.

–¿La coral? ¿Qué es eso?

–¡Claro! –exclamó la señorita Collignon–. ¡Como no viniste ayer a clase, no sabes nada! Una coral para cantar, Mireia. Cantaremos en grupo, pero necesitamos a alguien como tú, que pueda hacer las partes más importantes.

–¿Las partes más... más importantes? –preguntó la niña, abriendo sus verdes ojos.

–Sí, las que cantarás tu solita.

–¿Yo... yo sola?

La señorita Collignon asintió con la cabeza y la cara de Mireia se iluminó como una flor que recibe los primeros rayos del sol en primavera.

Antes de salir de la panadería, la señorita Collignon regresó al obrador para hablar con el padre de la niña.

–Señor Guinjoan –dijo mientras el hombre amasaba pan vestido con una camiseta de tirantes y un pañuelo en la cabeza para que no cayera ningún pelo en la masa.

–¿Qué quiere ahora?

–Su hija necesita ayuda especializada –afirmó la señorita Collignon.

–¿Que necesita qué? –chilló el panadero bruscamente, dando un puñetazo sobre la masa de harina.

–Su hija tiene una enfermedad llamada dislexia; confunde las letras y no las lee ni las escribe bien. Necesita un tratamiento de psicólogo, hacer unos ejercicios, o arrastrará ese retraso el resto de su vida.

–En esto habrá salido a su madre, porque yo...

–¿Que usted qué? –interrogó ella sorprendida–. Sí, seguro, claro, la culpa debe de ser de su madre. Escuche bien lo que...

–No me venga con cuentos –la interrumpió el hombre–. ¡Diga qué quiere de una vez!

La señorita Collignon vio que estaba ante otro ejemplar de homínido poco evolucionado; como si frotara la lámpara maravillosa, pronunció de nuevo las palabras mágicas:

–Mire, si no atiende, tendré que ir a ver al inspector. Y créame, sé de qué le hablo y no se lo recomiendo.

Decir aquello fue, de nuevo, como hacer magia, porque el señor Guinjoan dejó lo que estaba haciendo y la observó de arriba abajo. Después, bajó su cabezota y refunfuñó:

–¿Y qué se supone que tenemos que hacer?

La señorita Collignon le dio unas indicaciones y el nombre de un par de especialistas para que Mireia empezara el tratamiento adecuado para su dislexia. Regresó paseando a casa, a Gracia, satisfecha. La magia funcionaba nuevamente. «Si un día veo a ese antipático inspector del bigotito, le daré un beso en la cocorota», pensó.

6. La coral

Mireia regresó al colegio al día siguiente de la visita de la señorita Collignon a la panadería. Para que los demás no se rieran de ella, la maestra sacrificó muchas horas de su descanso dedicándose a la niña. Mireia tenía que aprender a leer sin equivocarse tanto. Día tras día, la niña mejoraba y a la señorita Collignon le salían más canas.

Tuvo que reconocer que los primeros ensayos de la coral fueron patéticos. Pero nadie había dicho que la tarea iba a ser sencilla. Aun así, estaba contenta: había encontrado un ángel de voz celestial. La pequeña Mireia Guinjoan, la hija del panadero de la plaza, entonaba como un pajarillo. Era menuda y muy tímida, era disléxica y todavía leía con dificultad, pero cantaba como un querubín, con voz delgada pero sólida y, lo que era más importante, la niña tenía un don natural para modular la voz. Quizá no sabía leer ni escribir mucho todavía, pero de cantar... ¡de cantar sabía un rato!

«Tendrá que aprenderse la partitura de memoria, pero esta voz no la dejo escapar por nada del mundo; sería un delito», pensó la maestra. Tuvo la misma sensación que debían de tener los buscadores de perlas cuando encontraban una muy grande al sumergirse en alta mar, o como los buscadores de oro de California al descubrir una pepita gigante.

En los días siguientes, las cosas mejoraron poco a poco. Los niños empezaron a seguir a pies juntillas lo que ella les indicaba; la cosa sonaba mejor ensayo tras ensayo porque tenían buena voluntad. Los había colocado unos detrás de otros; los más bajitos, delante, y Mireia, a su derecha, para poder dirigirla cuando le tocara cantar sola.

La señorita Collignon estaba gratamente sorprendida. Durante las horas de coro, el comportamiento de los niños era impecable. Esperaba que los otros maestros vieran que había maneras de hacerles prestar atención distintas de los gritos y las amenazas. «Sí, la autoridad es muy importante, pero la manera de ejercerla quizá todavía lo es más», pensó mientras regresaba a la sala de profesores.

–¿Cómo va esa coral multicolor? –le preguntó Jordi al verla entrar esa tarde.

La señorita Collignon se quedó mirándolo de hito en hito.

–¿Qué ocurre? –le preguntó él, extrañado–. ¿He dicho alguna tontería?

–Acabas de darme una idea para el nombre de la coral –respondió ella entusiasmada–. La llamaremos Coral del Arcoíris, porque tiene todos los colores: el blanco, el negro, el amarillo y el marrón, ¿qué te parece?

–¡Ay, Georgette! –exclamó Gisela, la maestra de Matemáticas, que seguía la conversación–. Me parece que ya te ves cantando con los niños en el festival de Salzburgo.

La señorita Collignon se rio mientras le indicaba:

–Nunca se sabe, Gisela, nunca se sabe...

Esa tarde regresó a la clase de sexto y encontró a la profesora que salía subiéndose por las paredes, chillando y amenazando a los alumnos.

–No les grite, por favor –dijo al entrar–; solo son niños y tienen ganas de jugar. Necesitan distraerse, el patio es pequeño y no tienen campo para correr.

Los niños la miraron con los ojos abiertos como platos. Era la primera maestra que, en lugar de reñirles, los defendía delante de otro profesor. Cuando todo se calmó, les anunció:

–Hoy escucharemos una pieza de un señor que se llamaba Mozart y que vivió en Austria hace muchos, muchos años.

Entonces la sinfonía número 41 de Mozart, llamada *Júpiter*, empezó a sonar. Se hizo el silencio. A continuación, les explicó la manera en la que el artista componía la música: al lado de las breves corcheas dibujaba las blancas o las negras de todos los instrumentos que intervenían. Los niños comprendieron que era una tarea más que difícil cuando vieron la cantidad de hormiguitas que caminaban unas tras otras entre las rayas del pentagrama que les mostró.

Al oír la música, las niñas se imaginaron que eran princesas que desfilaban por salones dorados de un lejano castillo, vestidas de seda, y los niños, que eran espadachines dispuestos a salvar a las indefensas damiselas de algún ogro malvado.

Después les hizo escuchar el *Cascanueces* de Tchaikovsky. Ella entrecerró los ojos; a todos les pareció que estaban ante las fuentes de agua de Montjuic, porque las notas de los violines eran como collares de agua que subían y bajaban en una estructura hecha de aire.

Con todo, la vida en el colegio no era sencilla, porque convivían niños de países, lenguas y tradiciones muy distintas. Esa misma tarde, al salir de clase, pescó a dos peleándose. Se tiraban del pelo y se arañaban, furiosos, las mejillas. Eran dos niños de la coral, un tenor y un bajo: Mohamed, el hijo del mecánico del Paralelo, y Joanot, el hijo del guardia municipal.

–¡Se lo diré a mi padre y ya verás! –decía este último fuera de sí.

–Y yo se lo diré al mío –replicó Mohamed–, y te advierto que tiene un cuchillo.

–¿Ah, sí? Pues el mío es policía y tiene pistola.

–¡Yo también tengo un cuchillo y un hacha, salvajes! –les gritó la señorita Collignon, que había oído la discusión–. ¿Por qué os peleáis? ¿Queréis que os castigue?

–¡Ha empezado él! –se excusó Joanot.

–¡No, ha sido él! –le contradijo Mohamed frotándose la mejilla roja por un arañazo.

–¡Me ha insultado, me ha llamado hijo de policía!

–¡No, no lo he dicho! –repuso Mohamed.

–¡Sí, lo has dicho!

–¡Que no!

–¡Que sí!

–¿Ya estamos otra vez? –se exasperó la señorita Collignon armándose de paciencia–. Que seas hijo de policía no es nada malo.

Los dos chicos se quedaron callados al oír que eso no era un insulto, porque ellos pensaban que lo era.

–Él es un moreno –dijo Joanot.

–Eso tampoco es un insulto –aclaró la señorita Collignon.

–¿Ah, no? –se extrañó el niño–. Los morenos son malos.

–¿Qué dices, Joanot? –preguntó la maestra, que estaba ya harta de la discusión–. ¡No digas tonterías! Mirad, chicos, el país de origen o el color de la piel no tienen nada que ver con el comportamiento. Joanot, en verano, cuando te pones moreno, ¿empiezas a comportarte mal, de repente, porque ha cambiado el color de tu piel? ¿Es eso lo que quieres decir?

–Yo no me comportaré nunca mal, señorita –replicó Joanot–, porque si lo hiciera, mi padre me soltaría un soplamocos que vería de golpe a los jugadores del Barça vestidos con la camiseta del Madrid bailando una sardana.

–No se dice soplamocos, Joanot –le corrigió ella, riendo por la ocurrencia del padre del niño.

–Pues bofetón.

–Eso sí. Además, tenéis que saber que pelearse no conduce a nada. Las personas hablan y se entienden o no, pero pelearse no sirve para nada.

La maestra hizo que salieran de la escuela después de que hicieran las paces y se marchó a casa pensando en el aspecto que tendrían los jugadores del Barça vestidos con la camiseta del Madrid y bailando una sardana en la plaza de la Catedral. «¡Qué horror!», se dijo.

La primera actuación de la coral tuvo lugar un mes y medio después de que empezaran los ensayos, en el transcurso de la fiesta de primavera de la escuela, que coincidía con el día de San Jordi. Era el mismo día que las Ramblas y todas las calles de Barcelona se llenaban de rosas y libros. No se puede decir que fuera un éxito, ya que los niños estaban muy nerviosos y era la primera vez que actuaban en público. Por suerte, la audiencia fue poco exigente y muy entregada, habría que añadir. Incluso, las tías de Joanot, al oírlos cantar, exclamaron:

–¡Lo hacen mejor que la Escolanía de Montserrat!

Los padres de Abdou se habían vestido de domingo para ir a la fiesta de primavera. Miraban cómo cantaba su hijo en la coral y no se lo creían: Abdou, quietecito, cantando, rodeado de otros niños. Sus ojos brillaban de una manera muy especial en su cara de color del chocolate. Su madre hasta parecía contenta, del brazo de su hombre.

Al terminar, la señorita Collignon se quedó muy satisfecha y felicitó a todos. Habían interpretado tres canciones ante sus padres y mucha más gente, que los escucharon embobados y que no dejaron de fotografiarlos, como si fueran estrellas de Hollywood. Después de las canciones, la señorita Collignon se vio rodeada de padres y madres que querían saludarla y felicitarla.

La madre de Abdou se acercó con uno de los niños pequeños colgado de la cintura, le cogió las manos y se las besó.

–Gracias –le dijo–. Por todo.

Hasta el padre de Mohamed y Nadir, acompañado de su mujer, que iba con la cabeza cubierta por un pañuelo del color de las ciruelas, se acercó a saludarla. Dada su manera de ser, incluso parecía efusivo:

–Me ha gustado mucho –dijo.

Un día después de la actuación de la coral, la señorita Collignon se dio un capricho. Tras repasar con la pequeña Mireia las lecciones de lectura y escritura, conectó el aparato de música y puso un fragmento de *La flauta mágica* de Mozart: el momento en el que la Reina de la Noche canta su aria más conocida.

–¿Qué es esto? –quiso saber Mireia.

–¿Te gusta?

–Mucho.

–Pues es un cuento de hadas.

–¿Ah, sí? –preguntó la niña mientras abría mucho sus ojos.

–Es la última ópera que compuso Mozart y que estrenó dos meses antes de morir.

La señorita Collignon le hizo oír varias veces el trocito de la canción; después hizo que repitiera los momentos en los que la soprano hace trepar las *aes* por la escala musical como si fuera una flauta que sube y baja por el pentagrama, con tonos agudos y más afilados que un puñal.

Mireia repitió lo que había oído; lo hizo de manera tan perfecta que a la señorita Collignon se le humedecieron los ojos y tuvo que poner las manos sobre la mesa, porque le temblaban de la emoción. Después, apagó el aparato y supo que tenía que hacer algo con urgencia. Había que llevar a la niña al conservatorio de música para que un especialista en canto determinara qué potencial tenía. Lo haría porque no era una experta, aunque estaba completamente convencida de que las posibilidades de la niña eran... casi infinitas.

Se acercaba el mes de mayo y el calor empezó a encaramarse por las paredes como lo hacían las hiedras por los muros de la escuela. Desde hacía días, los turistas llenaban las Ramblas y muchas personas empezaban a freírse como pollos en la playa. Entonces sucedió algo que sacudió el colegio de arriba abajo como un terremoto.

7. Las cartas

Una tarde de mayo, la señorita Collignon se mareó. Todo empezó poco después de comer, cuando se dirigía hacia clase de Música. Notó una fuerte presión en el lado izquierdo de las costillas y tuvo que apoyarse en una pared porque la cabeza empezó a darle vueltas. Sintió que el dolor del pecho crecía por momentos, impidiéndole respirar. En seguida los niños que la vieron avisaron a un profesor, que corrió hasta ella para atenderla.

—No me siento muy bien —susurró al verlo antes de caer desmayada.

Por suerte, los servicios de urgencias tardaron solo dos minutos en llegar al colegio, en mitad de un ensordecedor ruido de sirenas.

—Estará bien, se pondrá bien. No os preocupéis —decía el director a los niños, que la observaban asustados cuando la sacaban en camilla y la subían a la ambulancia. Mireia Guinjoan lloraba a su lado, sin dejar de sujetarle la mano inerte.

Ya dentro de la ambulancia, los médicos le pusieron una mascarilla de oxígeno y le hicieron tomar una medicina mientras el vehículo se marchaba rápidamente hacia el hospital Clínico con la maestra de Matemáticas acompañando a la señorita Collignon.

Esa misma tarde, Quimeta, que estaba planchando unas blusas en casa, recibió una llamada. Descolgó el teléfono y oyó una voz masculina que le preguntaba desde el otro extremo del hilo:

–¿La señora Quimeta?

–La misma.

–¿Es usted la vecina de la señorita Collignon?

–Sí –respondió con un pálpito en el corazón–. Diga.

Al oír lo que le decían por teléfono, palideció y un minuto después tomaba un taxi para ir al hospital Clínico. Tras media hora de espera en urgencias, que estaban saturadas –como de costumbre–, oyó que la llamaban por megafonía y un médico de mediana edad, con cara de estar agotado, le preguntó:

–¿Es familiar de Georgette Collignon?

–No. Bueno, sí –respondió ella, apretando el pañuelo que tenía entre las manos–. Soy la única familia que tiene en Barcelona.

–Bien, pues la señora Collignon...

–Señorita –le corrigió Quimeta–, Georgette es todavía señorita...

–Bien, lo que sea –repuso el hombre de bata verde, que no estaba para perder el tiempo con precisiones–. Deberá quedarse ingresada unos días. Ha sufrido una angina de pecho severa. Tiene el corazón muy débil, descontrolado y con arritmias. Deberá guardar reposo absoluto, al menos, una semana.

Entonces la dejaron pasar a visitar a su vecina, que se encontraba en uno de los compartimentos de urgencias. La maestra estaba echada en una camilla y conectada a un par de máquinas que medían las pulsaciones de su corazón. El lugar olía a hospital; entre prisas y algunas órdenes, Quimeta se sentó junto a la señorita Collignon y le cogió la mano. La enferma abrió los ojos intentando sonreír.

–Hola, Quimeta –la saludó con un hilo de voz–. Ya veo que te han hecho venir. Lo siento.

–¡Pero mujer! No digas bobadas. ¿Cómo te sientes?

–Débil, Quimeta. Es como si me hubiera pasado un autobús por encima.

Quimeta permaneció con ella en urgencias casi toda la tarde, hasta que la subieron a planta. Entonces, regresó a casa prometiéndole que la visitaría al día siguiente.

Dos días después de haber sido ingresada, la señorita Collignon, a quien realizaban pruebas cada día, recibió la visita del director de la escuela.

–¿Se puede pasar? –preguntó Jordi, abriendo la puerta y metiendo la cabeza por el hueco.

–Hola, Jordi, adelante, por favor –dijo ella con voz débil–. Me alegra verte.

Jordi vio que la señorita Collignon no tenía muy buena cara. Había adelgazado, llevaba una vía en el brazo y un par de bolsas colgadas de un pie de aluminio que la alimentaban por vía intravenosa.

–Tiene muy buen aspecto –mintió el director de la escuela del Raval.

–No mientas o te crecerá la nariz. Estoy hecha unos zorros, ¿no lo ves?

Jordi sonrió mientras intentaba excusarse.

–Siéntate, siéntate en la butaquita –le rogó ella–. ¿Cómo va todo en el cole?

Él se encogió de hombros, como si tuviera pocas novedades que contarle.

–Bien, todo igual que siempre –dijo–. Cada vez queda menos para las vacaciones de verano.

–Sí, dos meses –dijo ella.

–No es tanto. Tengo que decirle que los niños la echan muchísimo de menos.

La señorita Collignon le sonrió tristemente y le respondió:

–Eso ya me lo dijeron en el otro colegio en el que trabajaba.

–Sí, pero ahora es cierto. Mire –le dijo mientras se sacaba del bolsillo de la cazadora un pliego de hojas de libreta arrugadas.

Eran cartas de sus alumnos de sexto, con algunas deliciosas faltas de ortografía que la emocionaron. Jordi se las fue pasando y ella las empezó a leer en voz alta:

Señorita,

La echamos mucho ha *faltar, ¿cuándo* volberá? Oy *Nadir y Mohamed han puesto una* xinxeta *en la silla de la profe de mates.*

Alicia

La señorita Collignon sonrió para sí misma al pensar en los ojos negros y grandes de Alicia, la niña que se sentaba en la segunda fila. Después cogió otro de los papeles y leyó:

Señurita Coligon,

No emos *ensayado ningún día, ¡es una porquería!* ¡As *de volver! Ahora estamos castigados* al *pasillo.*

Mohamed y Nadir

–Mohamed –se rio la señorita Collignon–, ¡qué pieza de museo! Ni mi nombre sabe escribir bien. ¿A ver otra, Jordi?

El director de la escuela le alargó otro papel y ella lo cogió con manos temblorosas.

Señorita Collignon,

Espero que hestés mucho bien *y que regreses pronto al cole. Mohamed y yo ya no nos pelearemos más. Palabra de honor.*

Joanot

La maestra sonrió al leerla; Jordi le fue entregando todas y cada una de las cartas. La última del montón estaba escrita con la letra torpe e irregular de Mireia. Era casi ilegible, pero la niña se había esforzado en escribir aquello que llevaba en el corazón. Después de releerla varias veces, la señorita Collignon concluyó que la carta, llena de borrones, decía más o menos así:

Ola señurita *Collignon*, ¿como hestá? *¿Bien?*

Yo sí, espero que husted tambén. Haquí *en el cole todo va bien, pero es* avurrido *sin* husté. *Mi padre* mayudado ascribir *la carta para no* acer *ninguna falta de* horografía *y* madicho *que lo* ago *muy bien.* Estoi *contenta, pero quiero que vuelva al cole. He* comensado *a* hir *al* profezor *que le dijo a mi papá.*

Un beso

Mireia G.

Al presenciar el desfile de faltas de ortografía, la señorita dijo a Jordi López con los ojos humedecidos:

–¡Menos mal que su padre la ha ayudado! Al menos, no han escrito *beso* con uve.

–Son buenos chicos –le dijo él sonriendo y levantándose para irse.

–Claro que lo son, *mis* niños –dijo ella enjugándose una lagrimita.

Esa noche, la señorita Collignon leyó y releyó todas las cartas hasta que se las supo de memoria y se durmió con una sonrisa de felicidad en los labios.

Al día siguiente, a primerísima hora, recibió de nuevo la visita del cardiólogo que la trataba. Le hizo las pruebas pertinentes, la auscultó, miró cuidadosamente los resultados de los análisis de sangre y después, con voz calmada para no inquietarla, le preguntó:

—¿Cómo va, Georgette?

—Bien, doctor, gracias. ¿Voy a estar mucho tiempo aquí?

El hombre inició una sonrisa, pero se esfumó de sus labios en seguida.

—Ya sabía que estaba delicada del corazón, ¿verdad? —le preguntó.

—Sí, lo sabía —reconoció ella—. Hace un mes, más o menos, el doctor Laborda me hizo una prueba de esfuerzo porque sentía dolor en el pecho. Me dijo que tenía que tomarme las cosas con más calma. Que tenía que guardar mucho reposo.

—Y parece que usted no le ha hecho demasiado caso...

La señorita Collignon bajó los ojos avergonzada, igual que una niña pequeña.

—Entonces, ahora tendré que portarme bien, supongo... —dijo ella.

—Exacto —respondió el médico—; es lo que le conviene. Esto ha sido un aviso muy serio y a partir de ahora tiene que ser muy, muy buena. Me entiende, ¿verdad? Ya lo suponía. Además, tiene la sangre demasiado espesa; le recetaré unas pastillitas para que mejore. Pero, de momento, deberá permanecer unos días más en el hospital.

La señorita Collignon intentó disimular, pero cuando el doctor se marchó, se puso a llorar. No podía quedarse allí, sin ir al colegio. ¿Qué harían los niños sin ella? ¿Quién ayudaría a Mireia a leer? ¿Quién la llevaría al conservatorio para que le hicieran las pruebas de canto? ¿Y quién haría el seguimiento para que a la familia de Abdou no le faltara la ayuda prometida? Tenía que restablecerse como fuera y, además, pronto. «Bueno, de momento, lo que tengo que hacer es obedecer a los médicos o no me darán el alta para regresar a casa», pensó.

Esa misma tarde, Quimeta fue de nuevo al hospital Clínico para visitarla. La encontró tan blanca como un copo de nieve y un poco mustia. Era como una vela a la que se le terminaba la llamita, gastada casi del todo.

–Buenos días, Georgette, ¿cómo vamos? –la saludó.

–Hola, Quimeta –le dijo desde la cama con un hilo de voz al verla entrar en la habitación–. Esta mañana ha pasado de nuevo el médico y me ha dicho que estaré aquí más tiempo de lo que creía.

–Vaya –murmuró la vecina.

–Sí, eso digo yo, vaya... Hace ya tres días que estoy aquí encerrada y no me hago a la idea. ¿Te importaría acercarte a mi piso, dar de comer a la gata y regarme los geranios?

–Claro que no, mujer, lo haré esta noche cuando regrese a casa.

Charlaron un rato más sobre alguno de los estúpidos programas de televisión y la necesidad de verlos a diario porque todo el mundo lo hace. Así, hay un tema del que hablar cuando se va a comprar, a tomar café o a la peluquería.

–Es que, si no, cuando te ves con las amigas, no hay tema de conversación, ¿sabes?

–Claro, claro –dijo la maestra–. Lógico.

Así pasaron buena parte de la tarde, hasta que Quimeta se marchó poco antes de la hora de la cena. Esa misma noche, hizo lo que le había rogado su vecina: se acercó a su piso, regó los geranios, que estaban un poco mustios, y dio de comer a la gata. Lo que no esperaba encontrar en el pequeño comedor de su amiga era un piano negro y brillante, como si lo hubieran plantado, y con algo de polvo. Se acercó a él despacio y observó que encima, junto a un jarrón con petunias naturales, había dos objetos: una fotografia en blanco y negro de una pareja, y una vieja caja de galletas. La foto de los dos jóvenes posando amorosamente había sido tomada bajo la Torre Eiffel; en su pie ponía: «París, 1965». Junto a la imagen vio una carta franqueada, dirigida a un tal Ricardo Reguant. Pensó que su amiga no había tenido tiempo de echarla al correo y la cogió para hacerlo ella misma. Sin embargo, al girarse para salir, lo hizo con tan mala fortuna que la caja cayó al suelo, haciendo un ruido de platos rotos. La tapadera se abrió y su contenido se derramó sobre la alfombra roja del salón. La caja de latón estaba llena de cartas.

Quimeta se agachó para recogerlas y entonces cayó en la cuenta de algo sorprendente: todas iban dirigidas a los teatros y auditorios más importantes del mundo: al Metropolitan de Nueva York, a La Scala de Milán, a la Ópera de Moscú, a la de San Petersburgo, a la de Viena y al Teatro Real de Madrid.

Se quedó helada al comprobar que todas llevaban puesto el sello, pero que nunca se habían echado al buzón. Había docenas, todas dirigidas a la misma persona: un hombre llamado Ricardo Reguant, al que ella no conocía de nada. Quimeta dudó por unos momentos, aturdida por el descubrimiento que acababa de realizar, pero la curiosidad pudo con ella. Cogió una carta al azar, la abrió y empezó a leer:

Barcelona, 15 de abril de 1967

Queridísimo Ricardo,

Pienso mucho en ti. Las cosas por aquí van. Ni bien ni mal, pero van. Todavía me harto de llorar. Ya sé que no debería decirte estas cosas, pero no lo puedo evitar, soy así de boba, me enamoraste bien enamorada. Esta mañana, en una nota del periódico, he leído que has terminado el curso de perfeccionamiento en Berlín y que seguramente te quedarás allí durante una temporada. Todavía me duele saber cosas de ti por el periódico y no recibir ni una línea de tu puño y letra, pero entiendo que hayas querido poner media Europa entre nosotros. Te esperaré aquí por si un día decides regresar. Tuya por siempre,

Georgette

Al terminar de leerla, aún tuvo más ganas de abrir la siguiente y seleccionó una fechada en 1971 que decía:

Hola, Ricardo,

¿Cómo va todo? Supongo que triunfando a lo largo y ancho del mundo, ¿verdad? Yo estoy bien. Hace unos años que doy clases a niños en un colegio del paseo de la Bonanova. Está muy cerca de donde vivía tu tía Inés. ¿Recuerdas? A veces, cuando paso por delante de la casa, pienso en las tardes en las que escuchábamos cómo tocabas el piano, mientras nosotras nos hartábamos de chocolate y picatostes...

Quimeta se quedó sorprendida. Su vecina Georgette había escrito una carta cada dos o tres meses a ese hombre que había desaparecido de su vida y a quien nunca había olvidado. Después, se secó los ojos y leyó el fragmento de una carta de 1977:

Ayer leí en los periódicos que has actuado en La Scala de Milán. Las críticas son buenísimas; dicen que estás hecho un artistazo. Algo que no es nuevo para mí, ya lo sabía. Aquí todo continúa más o menos igual que siempre. Te recuerdo,

Georgette

Quimeta se quedó un buen rato embobada, como si estuviera leyendo una novela romántica, de esas que narran un amor imposible. Con cada línea que leía, su corazón se encogía un poco más y sentía una pena aún más grande por su amiga, la señorita Collignon. La de octubre del año 1992 era más alegre y se notaba en ella cierto optimismo:

Me hubiera gustado que vieras Barcelona durante los Juegos Olímpicos. Es una pena que estuvieras en Tokio durante todo el verano, porque la ciudad estallaba de gozo. El optimismo se ha contagiado a todo el mundo, pequeños y mayores. ¡Si hubieras visto qué excitación había en la escuela cuando terminó el curso y empezaron las vacaciones! No sé si los niños estaban excitados porque se marchaban a La Cerdaña o a la Costa Brava, o porque Barcelona ha sido la capital del mundo durante unos días. No sé dónde estás ahora. Hace meses que no he leído nada sobre ti en los periódicos. ¿Estás bien?

La última carta, la que reposaba encima del piano y que Quimeta todavía sujetaba entre las manos, llevaba fecha de unas pocas semanas atrás, antes de que la señorita Collignon sufriera el ataque al corazón. Estaba allí encima, como si no hubiera tenido tiempo de guardarla en la caja junto a las demás. Con letra temblorosa, la señorita Collignon había escrito:

Querido Ricardo,

Hoy me han anunciado que estoy muy delicada del corazón. Ya lo sabía, es algo hereditario. Mi abuela y mi madre sufrieron de lo mismo. ¡Qué cosas! ¡Yo que pensaba que tenía que durar para siempre y fíjate: me falla el corazón!

El médico me ha dicho que debería solicitar la baja, pero le he dicho que ya me lo pensaría. ¡Las clases en mi nueva escuela me llenan tanto! Soy tan feliz ayudando a estos niños del Raval... Cuando llegué hace unos meses, me pareció que todo mi mundo se desmoronaba, y ahora no hay día que no disfrute con ellos. Parece mentira que lo pase mejor que en la Bonanova, después de casi treinta años dando clase.

Y, ¿sabes qué? He organizado una coral con niños de sexto, quiero decir de once y doce años, y he hecho un descubrimiento maravilloso: he encontrado un ruiseñor. Como esa vez en París, cuando escuchamos a aquella niña y tú dijiste que llegaría lejos. ¿Recuerdas cuando recorríamos las calles de París? Parece que fue ayer, ¿verdad? Bien, al menos, a mí me lo parece. Pero no, han pasado más de treinta años, treinta y siete para ser exactos. Me despido. He de ir al hospital. El médico quiere hacerme unas pruebas, ya veremos cómo evoluciona todo. Te lo contaré.

Tuya, como siempre,

Georgette

Después de leer esa última carta, a Quimeta le pareció como si hubiera estado haciendo algo indecente. Sin querer, había estado desnudando el alma de la señorita Collignon. Georgette explicaba su vida a ese Ricardo Reguant, porque había docenas de cartas como las que había leído.

Su vecina había escrito cartas dirigidas al mismo hombre que, sin lugar a dudas, era el que salía a su lado en la fotografía bajo la Torre Eiffel. Aquel era el chico que había desaparecido de la vida de su vecina y a quien ella nunca había olvidado, fiel como un perrito; el hombre del que se había enamorado cuarenta años atrás.

Al terminar, las guardó todas dentro la caja, recogió las cuatro cosas que su amiga le había pedido y regresó a su casa con el corazón en un puño. Nunca dijo nada del descubrimiento que había hecho, porque había sido una fisgona y estaba arrepentida. La señorita Collignon escondía un secreto, quizá como todo el mundo, algo que casi nadie sabe y que guardamos en el rincón más íntimo de nuestro corazón.

8. Una idea brillante

Tras una semana y media sin ver a la señorita Collignon, los niños empezaron a ponerse nerviosos. Les habían dicho que regresaría al colegio en pocos días, pero estos pasaban lentamente, como las horas de Lengua o de Matemáticas, y de la señorita Collignon no había noticia alguna.

Las cosas en clase empeoraron. No había día en que no los regañaran o castigaran. Muchos profesores estaban más que preocupados. Entre otros, el mismo director, que tuvo que intervenir. Por este motivo, Jordi López fue a la clase una tarde para hablar con los chicos de la señorita Collignon.

–Hola, chicos, sentaos, haced el favor –les pidió–. He venido a veros para hablar de vuestra maestra. Esta mañana he ido a verla de nuevo al hospital y...

Al oírlo, muchas voces se alzaron para preguntar atropelladamente:

–¿Cómo está?

–¿Cuándo regresará?

–¡Queremos ir a verla!

–¿Puede morirse?

Jordi se agobió durante un momento.

–¡Calma, calma! Las preguntas, de una en una. No, no se puede morir, o bien, sí que puede, pero no es una cosa tan grave. El hecho es que su recuperación será más larga de lo que los médicos pensaban la semana pasada. La señorita Collignon me ha pedido una cosa...

Todos se quedaron mudos al oírle decir eso y pusieron mucha atención.

–Me ha pedido que os diga que espera que os portéis muy bien durante su ausencia y que ella hará todo lo posible para regresar cuanto antes a la escuela.

Los niños se callaron y todos recapacitaron sobre lo que habían oído. Durante los días siguientes procuraron portarse mejor, pero todos echaban de menos algo y se sentían huérfanos.

Una mañana, Joanot estaba jugando a pelota a la hora del recreo con otros compañeros y, de pronto, se quedó inmóvil como una estaca. La pelota pasó rozándole la cabeza y ni lo advirtió.

–¡Eh! ¡Joanot! ¿No juegas o qué? –le chilló uno de sus compañeros.

Pero Joanot tenía otras cosas en las que pensar. Llamó en seguida a Mohamed, a Nadir, a Mireia y a Alicia, y les dijo:

–¡He tenido una idea! Si la señorita Collignon no viene..., ¿por qué no vamos nosotros a visitarla?

Las caras de los cuatro niños se iluminaron con una sonrisa y todos dijeron a la vez:

–¡Es una buena idea!

–¿Y por qué no vamos a cantarle? –sugirió Alicia.

–¡Eso, eso! –dijo Mireia–. ¡Vamos a cantar!

La idea de un concierto para la señorita Collignon fue tomando forma poco a poco. Acordaron que se reunirían a la mañana siguiente a la hora del recreo y que continuarían hablando. Todos regresaron a clase y en seguida se difundió la idea entre los miembros de la coral.

Al día siguiente, los pequeños cantores se sentaron juntos a la hora del descanso.

–Lo primero que necesitamos –señaló Joanot– es un lugar para ensayar y alguien que nos ayude.

–¿Y cómo lo haremos? –preguntó Alicia.

–Pues pidiendo ayuda –dijo Joanot.

Estuvieron unos segundos en silencio, porque a ninguno de ellos se le ocurría por dónde empezar a buscar a quien los ayudara.

–Podemos empezar por el Liceo, ¿no? –sugirió Mohamed.

–¿Y quién irá?

Decidieron formar un comité que se encargara de encontrar el lugar, y acordaron reunirse nuevamente al día siguiente otra vez en el patio, al terminar la hora de Ciencias Sociales. Después votaron: los tres escogidos para formar parte del comité que iría al Liceo fueron Mohamed, Joanot y Mireia.

Esa misma tarde, al terminar las clases, los tres se acercaron a la panadería del padre de Mireia, cogieron algo para merendar y el comité de la coral se dirigió dignamente hacia la puerta principal del Liceo. Las Ramblas estaban repletas de gente y, como siempre, había una hilera de estatuas humanas que representaban a *cowboys* o a señoras con la cara pintada de blanco con un paraguas en la mano. También vieron al señor sentado en una taza de váter que tanta gracia les hacía, porque cuando alguien echaba una moneda en su sombrero, el hombre imitaba los ruidos que uno hace cuando está «ocupado».

El Liceo parecía un castillo, con tres grandes puertas y las banderas de la ciudad y del país ondeando en el balcón principal. Entraron por la única puerta que estaba abierta y se encontraron en el interior del majestuoso vestíbulo del teatro, adornado con pinturas y arcos dorados. El suelo era de mármol y una escalera forrada con una alfombra roja subía hacia el interior. Allí mismo les atendió una chica muy simpática, con un traje negro y una plaquita dorada en la solapa en la que brillaba la caprichosa «L» de Liceo.

–Queremos ensayar aquí –dijo decidido Joanot–. Somos el comité de la coral del colegio.

La chica del vestido negro abrió unos ojos como platos y les indicó que eso era completamente imposible.

–Si dejáramos que todo el mundo ensayara aquí, no haríamos nada más. ¿Lo entendéis?

–Pero nosotros necesitamos que...

–¡Anda, anda! A casita y no molestéis, que tenemos mucho trabajo. Esta noche hay función.

Los tres regresaron a casa por la calle del Carmen, un poco hundidos y tristes. En mitad de la calle se encontraron con Nadir, el gemelo de Mohamed, que los esperaba para saber cómo había ido la entrevista. En seguida le contaron lo que había pasado en el teatro.

–Tenemos que encontrar a alguien que nos ayude a entrenar –les dijo Nadir.

–No se dice entrenar –le corrigió Joanot–; esto no es un equipo de fútbol, es una coral. Se dice dirigir.

–Pues dirigir, lo que sea.

–Tendremos que reunirnos todos y ver qué podemos hacer.

A la mañana siguiente, a la hora del recreo, los profesores que estaban de guardia se quedaron muy extrañados al ver de nuevo a los miembros de la coral sentados en corro en uno de los rincones del patio. Lo más raro de todo era que parecía que no discutían, sino que estaban charlando como adultos, todos muy serios.

Unos y otros expresaban sus opiniones y daban nuevas ideas. Joanot sostenía una libreta e iba tomando nota de todo lo que se decía. Parecía que estaban preparando algo, cosa que no gustó a la profesora de Lengua, que se acercó sospechando que organizaban alguna gamberrada. Cuando llegó junto a ellos, los niños se callaron y la miraron en silencio.

–¿Qué hacéis?

–Nada –respondió Joanot, al que acababan de escoger hacía cinco minutos como portavoz del grupo.

–¿Nada? –preguntó ella–. No me lo creo.

–Pues no se lo crea –la despidió Joanot algo enojado.

–Os estaré vigilando –los amenazó mientras se sentaba en la silla del maestro de guardia.

–Muy bien –susurró el portavoz.

Cuando se marchó, volvieron a hablar del tema que los ocupaba en aquellos momentos. La idea era organizar un concierto sorpresa en la habitación de la señorita

Collignon. En eso estaban todos de acuerdo. El problema era cómo llevarlo a cabo.

–¿A quién conocemos? –planteó Joanot.

–Eso, ¿quién puede ayudarnos? –preguntó Alicia.

–Tenemos que hacer una lista de gente –señaló Xiang, la niña china que hacía de *mezzosoprano* y que no hablaba casi nunca.

–Tu padre, Joanot, es policía –dijo Mohamed.

–Sí, quizá pueda hacer alguna cosa, pero no lo sé –repuso Joanot escéptico.

–No creo que mi padre pueda hacer nada –dijo Abdou un poco avergonzado.

–El mío hace pan –dijo Mireia.

–Sí, pero con barras de pan no vamos a ningún sitio –se rio Mohamed.

Mireia bajó los ojos un poco alicaída, pero en seguida añadió:

–Pero hay mucha gente en el barrio que va a comprar pan –le replicó ella– y quizá ellos conozcan a alguien que trabaje en el Liceo.

–Mireia tiene razón –asintió Joanot–. Cualquier cosa puede ayudarnos. Bien pensado. Tenemos que hacer correr la voz y hablarlo en casa.

–¿Qué necesitamos? –preguntó Nadir.

Joanot, que era el más organizado de todos, puntualizó:

–Primero tenemos que averiguar dónde está la señorita Collignon.

–En el hospital Clínico –respondió Alicia.

–¿Cómo lo sabes? –preguntaron algunos de sus compañeros.

—Oí a dos profesores que hablaban el otro día en el despacho cuando yo estaba castigada en el pasillo.

—¿Dónde está eso? –se interesó Mohamed.

—¿El qué, el despacho o el pasillo? –le preguntó Alicia riéndose.

—El hospital, boba.

—Muy lejos –dijo Xiang.

—No tan lejos –intervino Mateo–. Un primo de mi padre trabaja allí.

—¿Es médico? –le preguntaron los otros, impresionados.

—No, por la noche limpia en el hospital.

—Bien, pues lo primero que tenemos que saber es la habitación en la que está.

—Yo lo preguntaré en casa –dijo Mateo.

—Pero tenemos que ensayar y necesitamos a alguien que nos enseñe –puntualizó Mireia–. No podemos ir al hospital para cantarle *Tengo una vaca lechera* o *Mambrú se fue a la guerra*, ¿no? Tendremos que preparar alguna de las canciones que a ella le gustan y que nos hacía escuchar en clase.

—Eso, a ella le gustaba aquel australiano que se llamaba Mozarella –dijo Mohamed haciéndose el entendido.

—¡No era australiano, cabeza de chorlito! –le corrigió su hermano gemelo–. Mozarella era de Austria.

—¡Exacto! –dijo Joanot–. ¡Como el queso!

—Eso mismo.

—¡Que no!

—¡Que sí!

—Y no se llamaba Mozarella, palurdo –añadió Mireia–, sino Mozart.

Ella recordaba la canción de *La flauta mágica* que la señorita Collignon le había hecho aprender semanas antes. El nombre era Mozart, de eso estaba segura.

–¡Basta! –los interrumpió Joanot–. Mireia tiene razón. Tenemos que hacer una lista de todo lo que necesitamos.

Durante las tardes siguientes, muchas de las casas alrededor de la calle Hospital asistieron a reuniones secretas en las que se trataba la llamada «operación Collignon». Una de aquellas tardes, cuando estaban reunidos en casa de Mireia –que era el lugar preferido por los cruasanes de chocolate y los pastelitos de crema–, Joanot sacó un papel arrugado y un lápiz para empezar a escribir.

–A ver –dijo, chupándose los dedos llenos de nata–, apuntemos todo lo que necesitamos.

Los niños empezaron a dar ideas mientras él las anotaba en el papel.

–Una profesora que nos enseñe –empezó a decir Mireia.

–Un lugar para ensayar –añadió Alicia.

–Una lista de canciones –señaló Mateo.

–Un piano –dijo Xiang.

–Y un camión para transportar el piano hasta el hospital –añadió Joanot, que pensaba en todo.

–Sí, y un conductor para el camión –dijo Mateo.

–Mi padre tiene una furgoneta bastante grande –dijo Nadir.

La lista de necesidades empezaba a ser larga. Se quedaron mudos y pensativos durante un rato, hasta que Alicia añadió, preocupada:

–¿Y cómo nos vestiremos? Los cantantes de las corales llevan todos el mismo uniforme.

–Tiene que ser algo sencillo –señaló Adelaida.

–Sí, y elegante, sobre todo, elegante –recalcó Alicia, que era muy presumida.

–Y necesitamos un ramo de flores enorme –añadió Mireia–. La señorita Collignon se lo merece.

Al terminar, se dieron cuenta de que el contenido de la lista era imposible de conseguir para un grupito de niños y niñas de once y doce años, pero ese era el reto. Entonces empezaron a moverse y a preguntar. Mateo se comprometió a que alguien de su casa hablaría con su primo para averiguar qué habitación ocupaba la señorita Collignon y para pedir a los médicos que les dieran permiso para verla; Joanot hablaría con su padre y Mireia con el suyo, por si conocían a alguien que les pudiera echar una mano.

Estaban a finales de mayo y quedaban pocas semanas para el final del curso, así que cogieron un calendario y determinaron que un viernes por la tarde, al salir de la escuela, sería el mejor momento para la visita sorpresa. Aquella noche, todos expusieron el problema a sus respectivos padres.

Se reunieron al día siguiente antes de entrar en clase y comprobaron que habían dado algunos pasitos. La lista era grande, pero en un día y solo con una llamada de teléfono del primo del padre de Mateo, ya habían conseguido saber en qué habitación del hospital estaba su maestra. Era la 609. Eso quería decir que estaba en la sexta planta, arriba del todo.

También sabían dónde estaba aquel hospital y solo necesitaban pedir permiso a los médicos. La madre de Alicia se había ofrecido a diseñar el uniforme de la coral y el padre de Mohamed había dicho que se pensaría lo de la furgoneta. Además, los padres de Xiang, que tenían un comercio en el barrio, facilitarían un muestrario de camisas para escoger una.

–¡Y gratis! –sonrió Xiang sin terminar de creérselo.

–¿Alguien ha visto a Mireia? –preguntó entonces Joanot al no verla entre sus compañeros.

Eran las nueve menos cinco y la niña todavía no había aparecido. En aquel momento, Mireia entró corriendo por la puerta del colegio con la cartera golpeándole la espalda. Llegaba de casa todavía con una marca de leche sobre el labio, como un bigote blanco, y sin respiración, por lo mucho que había corrido.

–¡Ya podemos ensayar! –chilló emocionada cuando encontró a sus compañeros en el patio.

La solución a los ensayos había surgido por un golpe de suerte.

–Una de las profesoras de canto del Liceo –les explicó casi sin poder hablar por la emoción– es clienta de la panadería de mi padre. Él le ha contado el caso de la señorita Collignon y la profesora, que se llama Montserrat Puntí, al oír de qué se trataba, ha dicho que sí. Ensayaremos con ella dos horas cada jueves y cada sábado por la mañana, durante tres semanas.

–¡Perfecto! –la felicitó Joanot.

–¡Increíble! –gritaron los dos gemelos marroquíes.

Todos saltaron de alegría en el momento en que sonó el timbre y tuvieron que entrar en clase, pero algunos maestros que los vieron en el patio empezaron a preocuparse por el secretismo que, de repente, envolvía a la clase de sexto, porque consideraban que no era normal. Parecía que hubiera una confabulación. Los niños actuaban como espías, se pasaban notas secretas por debajo de las mesas y eran como un grupo de ladrones que prepara el golpe del siglo.

9. La coral en acción

Montserrat, la profesora de canto del Liceo, se había comprometido a ensayar con los cantantes dos días por semana, los jueves por la tarde y los sábados por la mañana. Y así fue como empezaron a ir al Liceo a practicar su repertorio. Entraban por una de las puertecitas laterales y subían hasta al segundo piso. Allí había una gran sala con un precioso piano de cola negro sobre un entarimado.

Los primeros días, la profesora les hizo una prueba a cada uno y comprobó que el nivel era aceptable, hasta bastante bueno. Cuando oyó a la pequeña Mireia, el corazón le dio un vuelco y tuvo la misma sensación que había tenido la señorita Collignon. Junto a su nombre, en la lista, dibujó un asterisco. Después, definió un programa de cinco canciones y empezaron a ensayar.

En el colegio, los niños seguían reuniéndose cada dos días a la hora del recreo. Quedaba pendiente, entre otros asuntos, el asunto del permiso de los médicos que asistían a la señorita, los uniformes, las flores y el piano.

A finales de esa semana, las madres de Alicia y de Adelaida se encargaron de comprar ropa para hacer unas chaquetas. Tomaron medidas a todos los niños y después estuvieron cosiendo durante dos o tres días, hasta que una mañana Alicia llegó a la escuela con un paquetito blanco debajo del brazo. Los reunió a todos y desenvolvió el paquete para mostrarles, orgullosa, una chaqueta azul marino que llevaba un arcoíris bordado en el pecho.

–¡Oh! ¡Qué bonito! –dijeron entusiasmadas Adelaida y Mireia.

–Psé... –añadió Mohamed–. No está mal.

–¡Oye, guapo! –se quejó Xiang mirándolo fijamente–. Es muy bonito, tú no tienes ni idea.

Pero ese mismo día, la alegría de saber que la madre de Alicia había empezado a coser se esfumó porque recibieron una mala noticia: el primo de Mateo había perdido el trabajo y no podía solicitar permiso a los médicos para ir a cantar al hospital. Eso los hundió.

Aquel mediodía después del almuerzo, un grupo de tres maestros, el de Gimnasia, la de Lengua y la de Ciencias Sociales, fueron al encuentro de Jordi López, que estaba tomando café con otros profesores en el comedor.

–Jordi –le dijeron–, estamos preocupados con la clase de sexto.

–¿Y eso? ¿Qué ha ocurrido ahora? –preguntó él, extrañado–. Pensaba que desde hace un par de semanas se comportaban mejor.

–Nada, de momento no ha pasado nada –dijo el maestro de Gimnasia secamente–. ¡Pero pasará!

–¿Estáis seguros?

–Por supuesto –asintió la profesora de Lengua–. Están tramando algo y, si están metidos esos dos chavales, Mohamed y Nadir, seguro que traerá cola. Habría que hacer algo antes de que sea demasiado tarde. ¿No crees?

–Investigaré, a ver qué puedo averiguar –les prometió.

Jordi López se quedó intrigado con lo que le habían dicho. Sí, los maestros tenían razón. Él ya se había dado cuenta de que, desde hacía unas semanas, entre los alumnos de la clase de sexto reinaba un mutismo poco habitual. Intentó hablar con algunos de los niños, pero no consiguió que ninguno soltara prenda.

Lo descubrió todo la mañana en la que los padres de Xiang, el señor y la señora Lee, se presentaron sonrientes a la puerta de la escuela y preguntaron por el director. Les hicieron esperar en una salita, ya que Jordi López estaba dando clase en aquellos momentos. Media hora más tarde, cuando él entró en el despachito, los dos se levantaron y le obsequiaron con una reverencia ceremoniosa.

–Buenos días –le saludó el señor Lee–. Ser padres de Xiang, aquí *trael muestralio* de camisas para niños.

Jordi López les preguntó:

–¿Muestrario? ¿Camisas? ¿Niños?

–Sí, nosotros padres de Xiang. Esto –dijeron, entregándole unos cartones llenos de muestras de telas blancas– es *muestralio* para niños que cantan en *concielto* profesora Collignon.

–¿Qué concierto? ¿Qué niños?

Jordi no entendía nada; al verle la cara, los padres de Xiang, despacito y tan bien como supieron, le pusieron al tanto de las intenciones de los niños. Mientras ellos hablaban, él iba abriendo más y más la boca, sin poder creer lo que oía.

Al terminar la entrevista con los padres de la chiquilla, a Jordi le temblaban las manos. Fue a buscar a los profesores para ponerles al corriente de lo que ocurría realmente con la clase de sexto. Los tres profesores se emocionaron al enterarse del motivo de aquel secretismo y al darse cuenta de que aquellos niños, tan conflictivos a sus ojos, tenían un corazón de oro. Después, el director fue corriendo hasta la clase de la señorita Collignon y encontró a los niños haciendo un dictado.

—Perdona, Amelia —interrumpió a la profesora mientras entraba en clase sin llamar a la puerta—. Tendrás que dejarme un momento solo con los niños.

La maestra salió del aula extrañada y él se quedó en silencio delante de los niños, que estaban especialmente callados y abatidos.

—Esta mañana, hace un rato —les dijo—, han venido los padres de Xiang. Han traído unos muestrarios de camisas y me han explicado qué os traéis entre manos. Tengo que deciros que esta iniciativa que habéis tenido os honra y me llena de orgullo. Los maestros y yo hemos decidido que os ayudaremos en todo. ¿Qué necesitais? O, mejor dicho, parece que ya está todo organizado y que llegamos tarde, pero..., ¿qué podemos hacer?

Jordi advirtió que el silencio que había en clase era intenso, incómodo y, sobre todo, triste.

–No parece que lo que os digo os alegre demasiado –continuó, sin comprender el porqué de aquellas caras tan largas.

Entonces Joanot se levantó de la silla y dijo en nombre de todos:

–Necesitamos el permiso de los médicos para ir a cantar al hospital. Un primo de Mateo lo estaba intentando, pero esta semana se ha quedado sin trabajo. Hemos empezado a ensayar, pero todavía no sabemos si podremos ir a verla.

–Bien –dijo–, pues habrá que hacer algo. De momento, continuad con el dictado.

Jordi López salió del aula y fue directamente a su despachito. Se encerró con llave para poder hablar con los médicos del hospital donde estaba ingresada la señorita Collignon. Cuando lo consiguió, colgó el teléfono y respiró satisfecho.

Jordi no sabía que, durante buena parte de la tarde, Nadir había estado escuchando con la oreja pegada en la puerta de su despacho. Había hecho que lo expulsaran de clase para ir a espiar al director mientras realizaba aquellas llamadas. Cuando oyó que colgaba el teléfono, regresó corriendo a clase, entró rojo como un tomate, reunió a todos los compañeros de la coral y les informó:

–¡Tenemos permiso para ir a cantar al hospital!

Esa misma tarde, antes del cambio de clase, Jordi López regresó a la clase de sexto. Al verlo entrar de nuevo, todos se callaron de inmediato, a la espera de lo que tenía que decirles.

–Bien, chicos –empezó a decir–, me parece que os traigo buenas noticias.

Una veintena de pares de orejas y de ojos angustiados estaban pendientes de sus palabras.

–Esta tarde –continuó– nos han llamado del Clínico y el médico de la señorita Collignon nos ha autorizado a ir a verla si se encuentra con fuerzas. De lo de cantar, ha dicho que ya lo hablaremos cuando estemos allí. Bien, algo es algo, ¿no? La cita es dentro de dos viernes. O sea, que nos queda una semana y media.

Todos saltaron de las sillas y se abrazaron, felicitándose mutuamente llenos de satisfacción, hasta que entró la maestra de Matemáticas y empezaron las divisiones y las multiplicaciones, pero les dio igual. Se habrían pasado toda la tarde dividiendo o multiplicando; la profesora, sorprendida, tuvo la clase más plácida de su vida.

10. Ricardo Reguant, pianista

Desde hacía semanas, los ilustres miembros del Círculo del Liceo y los amantes de la música clásica, los que de verdad entendían, estaban muy excitados. En los medios de comunicación se había anunciado un acontecimiento excepcional, que se concretó cuando finalmente, en las puertas del Gran Teatro del Liceo, se colgaron grandes carteles con la noticia:

CONCIERTO DE RICARDO REGUANT

Tras diez años de ausencia,
el concertista regresa a Barcelona.

DOS ÚNICAS FUNCIONES

Miércoles 11 y sábado 14 de junio

Interpretará:

Concierto para piano y orquesta n$^{\circ}$ 5
en mi bemol mayor, Opus 73, «El Emperador»,
de Ludwig van Beethoven

y

Concierto para piano y orquesta n$^{\circ}$ 2
en do menor, Opus 18,
de Sergei Rachmaninoff

ENTRADAS A LA VENTA

Si los niños hubiesen escuchado la radio, visto la televisión o leído los periódicos, habrían podido seguir la noticia en las páginas de cultura: «Como un hijo pródigo, el reconocido pianista barcelonés ofrecerá en el Gran Teatro del Liceo dos únicos conciertos con obras de Beethoven y Rachmaninoff. Diez años después de su última visita a la Ciudad Condal, el virtuoso intérprete regresa para...».

A los pocos días, sin que sorprendiera a nadie, en los carteles de la puerta del Liceo se podía leer:

CONCIERTOS DE RICARDO REGUANT

LOCALIDADES AGOTADAS

Esa misma tarde, poco después de terminar las clases, los miembros de la Coral del Arcoíris desfilaron por la calle Hospital para ir hacia el Liceo, al cuarto ensayo bajo la dirección de la profesora de canto.

Vieron el cartel del pianista, pero no sabían quién era, así que no le prestaron ninguna atención. Hacía ya tres días que ensayaban un repertorio de siete canciones; quedaban solo diez para el concierto y cada vez estaban más nerviosos. Montserrat, la profesora del Liceo, estaba sorprendida del nivel de canto de aquel grupito del Raval, no tanto por la calidad musical, sino por el interés que ponían. Después de una repetición, pedían otra y otra más, como si sus voces tuvieran prisa por llegar a la perfección y quisieran aprender de memoria las letras y la música.

En una de las salas junto a la que ensayaban y sin que lo supieran, el pianista Ricardo Reguant preparaba el concierto que ofrecería una semana más tarde. Estaba poco concentrado y se había equivocado demasiadas veces, distraído por los cantos infantiles que le llegaban de la sala vecina.

De repente, tras ensayar una de las canciones por enésima vez, a alguien de la Coral del Arcoíris se le escapó un gallo y todos, incluida la señorita Montserrat que estaba al piano, rompieron a reír.

–¿Quién ha sido? –se rio Alicia–. ¡Alguien ha pisado un gato!

–Sí –añadió Adelaida muriéndose de risa–, ha sido como si alguien le tirara de la cola.

Cuando algunos de ellos, en especial los dos gemelos marroquíes, empezaron a imitar el sonido que habían oído, Ricardo Reguant se hartó y decidió que ya era suficiente. Cerró la tapa del piano con un golpe seco y se levantó de la banqueta para ir a quejarse.

Abrió la puerta de la sala contigua y se quedó helado al ver al grupo de chavales de todos los colores subidos a las banquetas e imitando el maullido de una familia de gatos.

–¿Quiénes sois vosotros? –preguntó sin entender nada–. ¿Qué demonios hacéis aquí? ¿Qué es esto?

–¡Oh, señor Reguant! –exclamó la profesora, colorada como un tomate–. Lo lamento, lo lamento muchísimo. Soy Montserrat Puntí, soprano de la casa, y esta coral infantil estaba ensayando cuando uno de ellos ha hecho un gallo y se han puesto nerviosos. Llevan ensayando sin parar casi una hora y media. Pero es cierto, no tiene perdón de Dios que los niños le hayan molestado. Me siento fatal, ¡lo lamento muchísimo!

–¿Y cómo es eso? –preguntó el pianista en un tono poco amistoso–. ¿Es que el Liceo se ha convertido en una guardería o en el patio de una escuela?

–No, no. No es eso –se excusó la profesora–. Los niños ensayan para una especie de concierto benéfico.

–¿Un concierto benéfico? –se extrañó él.

–Sí, para la señorita Collignon –dijo Mireia–. Está en el hospital y le estamos preparando una sorpresa.

El hombre tuvo que sujetarse al pomo de la puerta, ya que notó como si un rayo le partiera por la mitad.

–¿Quién has dicho? –preguntó descompuesto.

–Nuestra maestra, la señorita Collignon –repitió la niña, extrañada por la cara que había puesto aquel hombre.

–¿Cuál es vuestra escuela? –les preguntó el recién llegado.

Joanot satisfizo su curiosidad y, acto seguido, el famoso pianista, Ricardo Reguant, se excusó porque tuvo que ir inmediatamente a beber agua al bar del *foyer*, en el piso de abajo, para rehacerse de la impresión. Al verlo, el camarero le preguntó si estaba indispuesto.

–Si lo necesita, avisaremos al médico –le dijo preocupado.

–No, no. Estoy bien, gracias –le respondió en seguida el pianista–. ¿Tiene una guía de teléfonos, por favor? Necesito hacer una llamada ahora mismo.

Entonces Ricardo Reguant, famosísimo e inaccesible pianista, hizo una llamada a la escuela más pequeña e insignificante del Raval. La persona que le atendió le dijo que el director ya se había marchado, pero le aseguró que al día siguiente le darían su recado.

–No, no es necesario que lo avise. No se preocupe, pasaré mañana mismo. Estoy aquí cerca.

A la mañana siguiente, a las nueve en punto, al llegar a la escuela, Jordi López vio que delante de la puerta estaba aparcado un lujoso vehículo con chófer que le llamó la atención.

–Tienes visita –le anunció la encargada de secretaría–. La he hecho pasar al despachito.

–Sí, me lo imaginaba –respondió el director–. He visto un coche aparcado aquí delante.

Fue rápidamente al despachito para atender al recién llegado. Se quedó helado al ver qué clase de visita estaba sentada en la butaca.

–¿Usted no es...? –preguntó al entrar.

–Sí, Ricardo Reguant –dijo el ilustre visitante.

–¿El... el pianista?

–El mismo, sí.

Jordi López se dejó caer en su silla y dijo:

–Pues mucho gusto. Esto sí que es una sorpresa. ¿Y qué puedo hacer por usted, señor Reguant?

Durante la breve entrevista, el pianista le explicó con pelos y señales que la tarde anterior había conocido a los niños de la coral de la escuela.

–Como comprenderá, fue una sorpresa encontrarme con aquel grupito de niños. Sé que están preparando un concierto o una actuación para su maestra, Georgette Collignon.

–¡Ah, sí! El concierto de los niños de la coral. Se han empeñado en ir a verla. La quieren mucho y llevan dos semanas organizándolo todo. Me temo que no hay quien los detenga. ¿Le molestaron en el Liceo?

–No, no. Nada de eso. Es que..., ¿sabe? Me gus... me gustaría colaborar en lo que sea necesario para Georgette –musitó el pianista.

–¿La conoce? –se extrañó Jordi López.

El hombre titubeó, pero en seguida respondió:

–Sí. Es una vieja amiga. La historia es larga y un poco triste. Pero estoy decidido a echarles una mano. ¿Cuándo tienen previsto ofrecerle el recital?

–Todavía no tenemos autorización en firme del hospital –le explicó el director–. Georgette está muy delicada y no ha respondido bien al tratamiento. Pero, en principio, nos han dicho que el viernes de la próxima semana, a las cinco y media.

–No ha respondido bien al tratamiento... –repitió mecánicamente el pianista con la mirada perdida.

A Jordi López le pareció que aquel hombre envejecía unos años. La mirada se le oscureció y los ojos se le humedecieron.

–No, me temo que no –respondió Jordi compungido–. Tiene el corazón muy débil, ¿sabe? De todos modos, creo que los niños, si todo sigue su curso, necesitarán una cosa.

–¿De qué se trata? –se interesó.

–Necesitarán... un pianista.

–Cuenten conmigo –afirmó Ricardo Reguant decidido.

–¿Está seguro?

–Completamente. De momento, los niños pueden empezar a ensayar conmigo con el mismo horario que tenían.

–Pero... –murmuró Jordi López–. ¿Y si no le va bien?

–No se preocupe, me adaptaré –respondió el concertista con firmeza.

Así terminó la entrevista entre el virtuoso del piano y el director del colegio. Tal y como había aparecido, el pianista desapareció, y cuando Jordi miró por la ventana, ya no estaban ni el coche ni el chófer; solo había una pareja de policías que patrullaban por la calle.

La noticia de que la coral contaba con un pianista corrió de boca en boca por el barrio como un incendio que bajara desde Collserola hasta el mar. En la panadería, en la zapatería, en la tienda de electrodomésticos, en el cuartel de la Policía y hasta en la parroquia de Belén, supieron que Ricardo Reguant, el pianista de fama internacional, había empezado a colaborar con los niños de la coral.

–¡Han conseguido un pianista del Liceo! –chilló la propietaria de la frutería a la del colmado–. ¡Cuando ha sabido de qué se trata, no ha querido cobrar!

–¿Qué dices?

–¿Y quién es? ¿Cómo se llama? –quiso saber una de las clientas mientras compraba un manojo de cebollas.

–Es el maestro Ricardo Reguant.

–¿Cómo? –preguntó exaltada la clienta–. ¿El pianista?

–El mismo.

–Es un gesto que le honra, la verdad –opinó un cliente que compraba berenjenas y que lo había oído todo–. Hace unos días llegó a Barcelona para preparar un concierto y, cuando ha sabido de qué se trataba, les ha ofrecido su talento.

Así, la pequeña Coral del Arcoíris empezó a ensayar con el pianista y todos supieron qué significa ser un virtuoso del piano. Desde el primer día, observaron embobados que los dedos de Ricardo Reguant se movían sobre el teclado a una velocidad de vértigo. Parecía que estaban en un extremo del teclado cuando, de repente, aparecían en la otra punta de la hilera de aquellos largos dientes blancos y negros. Lo más sorprendente era que lo hacía sin dejar de producir unas maravillosas notas musicales que parecía imposible que existieran.

Ricardo Reguant había dejado de lado sus propios ensayos y dedicaba todo su tiempo a la coral. Primero practicaron las canciones que los niños habían empezado a preparar con Montserrat Puntí y después les preparó algunas piezas en solitario.

Uno de los primeros días que ensayó con la coral, el pianista oyó, entre las voces, una muy especial. Se quedó admirado al escuchar aquellas notas. Tan sorprendido se quedó que, al terminar el ensayo, preguntó a Montserrat Puntí quién era esa niña.

–Es la hija del panadero del barrio –le respondió.

El músico le pidió que se acercara y la hizo cantar sola al piano, mientras los otros escuchaban. Mireia empezó a trepar por la escala musical sin dificultad alguna, repitiendo lo que los dedos del concertista interpretaban, y el hombre tuvo la misma sensación que la señorita Collignon cuando la oyó cantar por primera vez: quedó cegado por una explosión de colores y fuegos artificiales de una luz tan poderosa, que se confundía con el sol que entraba por la ventana en aquel caluroso mes de junio. Cuando cantó sola una de las piezas que ensayaban juntos, también tuvo la impresión de estar sentado en un palco del Metropolitan de Nueva York escuchando a una profesional.

–¿Cómo te llamas, preciosa? –le preguntó el pianista al terminar.

–Me llamo Mireia, Mireia Guinjoan.

El hombre la miró atentamente, como si en los tiernos ojos de la niña hubiera un pentagrama dorado, y después le dijo:

–Me gustaría que mañana ensayáramos solos tú y yo. Tienes una voz muy bonita y querría probar a ver qué tal lo haces sola. Te parece bien, ¿verdad?

Mireia lo miró con suspicacia y respondió:

–Mañana no puedo, señor pianista. Mañana tengo clase con el profesor de dislexia.

–Bien –dijo Ricardo Reguant guiñándole un ojo–, pero te la podrás saltar un día, ¿no?

–No, señor Reguant –le respondió Mireia, extrañada de la propuesta–, no me la puedo saltar. Le prometí a la señorita Collignon que no faltaría ni un día.

–Claro. Si se lo prometiste a Georgette, tienes que cumplir tu palabra.

Al terminar, Ricardo Reguant se quedó mirando a los niños que salían del aula en la que habían estado ensayando y le pareció que en la espalda de Mireia había dos alas de ruiseñor.

11. Mala suerte

Durante las dos semanas que llevaba ingresada, la señorita Collignon había recibido casi a diario las visitas de Quimeta. La vecina le llevaba periódicos o revistas del corazón. También le había llevado el aparato de música y la enferma se distraía escuchando música.

Jordi López se dejaba caer por el Clínico con cualquier excusa dos veces por semana. La última vez que la había visitado, a la señorita Collignon le pareció que alguna cosa le quemaba por dentro aunque, por más que lo intentó, no consiguió que le explicara por qué sus ojos brillaban de una manera tan especial.

El hecho era que quedaban muy pocos días para la actuación. Jordi López ya había visto las chaquetas y las camisas blancas: todo estaba a punto para el gran día. Por eso le brillaban los ojos. La señorita Collignon era la única que no estaba al corriente de lo que los niños de la coral le estaban preparando. Los otros, Jordi López, Quimeta, el personal del Liceo, todo el barrio del Raval y el propio jefe de servicio del Clínico, lo estaban.

Tres días antes, o sea, el martes por la tarde, al llegar al hospital, Quimeta vio que uno de los médicos que atendía a la enferma, el doctor Vilanova, la esperaba sentado junto a la señorita Collignon. Era un joven de cabellos rubios y cortos que llevaba sobre la naricita unas gafas de diseño. En la habitación solo se oía el bip-bip de la máquina que controlaba el corazón de la paciente, que en aquellos momentos dormía plácidamente.

El médico vio entrar a Quimeta y le hizo un gesto con la cabeza para que salieran un momento al pasillo. Quimeta guardó en el armario la bolsa en la que llevaba las cuatro cosas que le había pedido Georgette y salió con el médico.

–Usted cuida de ella, ¿verdad? –le preguntó el médico.

–Sí, doctor.

–¿No tiene familia aquí?

–Tiene un hermano que vive en Orleans, en Francia, con su familia –respondió ella.

–Pues ha de saber que esta señora –dijo el doctor muy serio y con cara de preocupación– tiene el corazón delicadísimo. Es como si hiciera mucho de tiempo que está... no sé, como roto. No sé si me explico.

–Sí, doctor, se explica perfectamente –asintió Quimeta, que no dijo nada porque ya sabía que la señorita Collignon tenía el corazón partido desde hacía casi cuarenta años.

–Es un milagro que aún viva –continuó el médico–. No puede sufrir ningún sobresalto. La medicación que le hemos dado la tendrá sedada unos días, pero, sobre todo, no le convienen emociones fuertes.

–Perfectamente, doctor –dijo ella compungida.

–O sea, que de esa idea del concierto de los niños y todo eso, nada de nada. ¿Lo sabe ella?

–No señor; iba a ser una sorpresa.

–Pues es mejor que no le digan nada.

Quimeta asintió tristemente en silencio y regresó hacia la habitación. Al entrar, la señorita Collignon abrió un ojo y se la quedó mirando fijamente.

–¿Qué ha dicho? –le preguntó.

–¿No dormías? –dijo sorprendida Quimeta mientras se sentaba a su lado en la butaquita.

–No, cuando he visto que entraba el médico, me he hecho la dormida. Ya estoy un poco harta de médicos, ¿sabes?

–Pues ha dicho que tienes que permanecer unos días más en observación, quieren hacerte más pruebas.

–Y de regresar al trabajo y a las clases, ¿qué ha dicho?

–De eso no hemos hablado, Georgette.

–Vaya –dijo la señorita Collignon un poco desilusionada.

Se giró de espaldas como enfadada, pero, por suerte y gracias a la medicación, se durmió plácidamente en seguida. Quimeta se quedó un rato junto a ella y regresó a Gracia en autobús.

Al llegar a casa, llamó al director de la escuela para decirle que el concierto que preparaban los niños de la coral no podía seguir adelante.

A la mañana siguiente, Jordi tuvo que entrar en el aula y dar la noticia a los alumnos con el corazón en un puño. Nunca en su vida había visto caras tan largas ni a tantos niños y niñas llorando desconsoladamente. El día siguiente, jueves, un día antes de la frustrada actuación, los vio en el patio sentados en corro igual de mustios. Los otros niños se les quedaban mirando sin comprender qué ocurría. La noticia de que el médico les prohibía el concierto les había caído como un cubo de agua fría.

Jordi López se les acercó y les preguntó:

—¿Algún problema, chicos?

—Ya lo sabe. Usted nos ha dicho que no podemos ir a verla —respondió Joanot.

—¡Solo queda un día y lo teníamos todo listo! ¡No hay derecho! —sollozó Mireia.

—Las cosas no salen siempre como esperamos —dijo Jordi López—. De todas formas, nunca he sido partidario de quedarme con los brazos cruzados sin hacer nada. Creía que érais más testarudos. ¿No sabéis que quien nada arriesga, nada gana?

Aquellas palabras, dichas como quien no quiere la cosa, encendieron todos los corazones, uno tras otro. El primero que se levantó del suelo fue Mohamed, que lo miró decidido y con los ojos brillantes.

—Pues si no podemos cantar dentro del hospital —dijo—, ¡cantaremos fuera!

—¡Sí, claro! —exclamó Joanot—. ¡Eso es lo que haremos!

—¡Sí, sí, desde la calle! —empezaron a gritar todos.

En aquellos momentos, los niños tomaron una decisión: si no podían subir a la habitación de su señorita, le cantarían igualmente desde la calle.

Esa misma tarde, después de acabar la jornada, el padre de Mireia, el de Joanot y el de los gemelos fueron al colegio a ver a Jordi López. Llamaron a la puerta del despacho y entraron.

—Buenas tardes, Jordi —saludaron el panadero y el guardia municipal.

—Buenas tardes, señor Guinjoan y señor Roca.

—Hola —dijo el padre de Mohamed y de Nadir.

—¿Qué tal? —saludó el director—. Sentaos, haced el favor.

Los tres hombres se acomodaron en las sillas, delante de Jordi, y el padre de Mireia comenzó a decir:

—Parece que los niños quieren seguir adelante con esto del concierto. Queríamos saber qué piensas tú.

—¿Yo? —preguntó Jordi, que en seguida se dio cuenta de sus intenciones—. Pues que necesitarán ayuda.

—Sí, al menos necesitarán a alguien para cargar el piano —apuntó el padre de Joanot, el policía municipal—, para la furgoneta, para cortar el tráfico... Yo de eso no me puedo encargar porque me jugaría el puesto, pero estaré allí por si es necesario.

—El asunto de cortar el tráfico, dejádmelo a mí —dijo Jordi López.

—¿A ti? —interrogó el padre de Mireia—. Nosotros habíamos pensado en...

—Chitón. Soy el director de la escuela y se hará lo que yo diga, ¿entendido?

Los tres hombres asintieron y confiaron en su director.

—Pues del transporte nos encargaremos nosotros —añadió Ahmed convencido.

—¿Nosotros? —se interesó el padre de Joanot.

—Sí, sí, nosotros. La comunidad musulmana, quiero decir.

—¡Ah! Muy bien, entendido —dijo Jordi—. Si se encarga la comunidad musulmana, no tengo nada que decir...

Cuando todo quedó decidido, se dieron un apretón de manos, se levantaron y se despidieron, porque había que hacer un montón de cosas para el día siguiente.

–Esto, Jordi... –dijo el panadero antes de salir.

–¿Sí?

–De las flores ya me encargaré yo, si quieres.

El panadero estaba muy contento. Había hecho caso a la señorita Collignon y su hija Mireia había empezado a ir al psicólogo dos días por semana. La niña mejoraba de su dislexia a pasos agigantados.

Esa misma luminosa y calurosa tarde, Ricardo Reguant descansaba en su suite del hotel Arts, en la Villa Olímpica. Observaba por la ventana el cambio que había experimentado su ciudad. Ciertamente, Barcelona se había abierto al mar desde las olimpiadas y no dejaban de construir rascacielos al final de la avenida Diagonal. El paseo del mar estaba lleno de gente que paseaba en aquel día de junio, que era casi veraniego. Debajo del hotel había mucha gente patinando; otros presenciaban la puesta de sol. En ese momento recibió una llamada, descolgó el teléfono y habló con la recepcionista del hotel:

–¿Quién dice que me llama? ¿El director de qué? ¿De una escuela? –se extrañó.

Entonces cayó en la cuenta de quién era y ordenó a la operadora:

–¡Pásemelo en seguida! ¡Sí, sí! ¡In-me-dia-ta-mente!

El teléfono permaneció unos segundos en silencio hasta que, desde el otro extremo del hilo, Ricardo Reguant oyó la voz de Jordi:

–Buenas tardes, señor Reguant. Soy Jordi, el director de...

–Claro que sí. Hola, Jordi, ¿cómo va todo? ¿Listos para mañana?

–Me temo que no, señor Reguant. Ayer por la tarde nos dijeron que no es posible. El médico no nos ha dado permiso para subir a cantar. Está muy delicada y creen que no le conviene una emoción como esa.

El pianista pasó de la ilusión al desengaño, pero se rehizo en seguida y preguntó:

–¿Y cómo se lo han tomado los niños?

–¿Los niños? Pues siguen adelante. Si no los dejan subir a la planta, cantarán desde la calle.

Jordi no oyó nada durante unos segundos; ya creía que se había cortado la comunicación cuando el concertista dijo:

–Pues yo también sigo adelante. ¿Han decidido hacerlo desde la calle? Pues desde la calle será. El problema va a ser el piano –añadió Ricardo Reguant–, pero me parece que podré arreglarlo con un par de llamadas.

Los dos hombres siguieron hablando durante unos minutos, hasta que todo quedó atado y bien atado. El concierto tendría lugar lloviera o nevara delante del Clínico al día siguiente, a las cinco y media de la tarde.

12. El concierto

Esa noche, los niños de la coral durmieron poquísimo. El día siguiente iba a ser como el de una boda, con nervios, prisas y carrerillas. Por fin ofrecerían el concierto que habían preparado durante semanas con tanta ilusión para su señorita Collignon, que seguía muy grave en el hospital Clínico.

Durante toda la mañana, los niños y las niñas de la Coral del Arcoíris estuvieron nerviosos. Por la tarde, después de comer, ninguno regresó a la escuela, pues se quedaron en casa arreglándose para la actuación. A la hora programada salieron a la calle y se vieron los unos a los otros. Las niñas y los niños iban ataviados con la inmaculada camisa blanca «made in China», chaqueta azul y pantalones vaqueros. Poco importaba que cada uno fuera hijo de su padre y de su madre y que no tuvieran el mismo color, porque la chaqueta anunciaba orgullosamente, bordado en colores: «Coral del Arcoíris».

Como un ejército en orden de batalla, los cantantes, seguidos de sus familiares, avanzaron por la calle. Todos los que pasaban por allí se volvían para mirar a tan extraña comitiva. Uno llevaba un precioso ramo de flores; otro, un facistol; y otro más, unas carpetas llenas de partituras musicales.

No sé qué música les hubiera ido bien de acompañamiento; probablemente, si los hubiera visto la señorita Collignon, hubiera dicho que la *Obertura 1812* de Tchaikovsky era la indicada porque, aunque no marcaban el paso, avanzaban como un ejército de Napoleón.

Subieron por la ronda de San Antonio y torcieron hacia la Gran Vía. Después, siguieron en dirección a la plaza de España hasta que llegaron a la calle Villarroel. Entonces, torcieron a la derecha para continuar subiendo.

El claxon de una gran furgoneta blanca los saludó y todos levantaron las manos en señal de triunfo. Dentro iba el padre de Mohamed y Nadir con tres compañeros magrebíes del taller. Delante, en el asiento del copiloto, vestido de esmoquin, estaba el pianista Ricardo Reguant, que sacó la mano por la ventanilla y los saludó.

El prestigioso intérprete nunca había estado más nervioso que esa tarde yendo hacia el Clínico. «Es igual o peor que una noche de estreno», pensó mientras repasaba mentalmente cada una de las canciones que había ensayado con aquel grupo de niños. Hacía mucho tiempo que las manos no le temblaban antes de una función, y esa tarde no las podía contener, mientras la furgoneta subía por la calle, porque sabía que iba a tocar para Georgette.

Cuando los niños llegaron a los alrededores de la calle del hospital, advirtieron que estaba llena de gente. Y no solo de los transeúntes habituales de cada tarde a esa hora, sino que, aparcados aquí y allá, en doble fila o encima de las aceras, se veían unos elegantes coches. Todos eran largos y brillantes, preciosos, y estaban recién lavados.

La mayoría de sus ocupantes eran mujeres, jóvenes o menos jóvenes, pero todas bellísimas y refinadas, como salidas de una revista del corazón. Eran las antiguas alumnas de la señorita Collignon, que se habían enterado del concierto por una llamada que una de ellas había hecho a la escuela del Raval interesándose por su maestra. Después, las antiguas alumnas del colegio de la zona alta de la ciudad se habían llamado por teléfono, se habían enviado correos electrónicos y mensajes a los teléfonos móviles. De este modo, la noticia se extendió como un reguero de pólvora y ninguna de ellas, ni la abogada ni la directora general de una importante compañía, quiso perderse el concierto de homenaje a su maestra.

Las mujeres se agruparon alrededor de la puerta del hospital y se intercambiaron besos y saludos, como si hiciera años que no se veían. Allí estaban todas las que habían aprendido a gozar de la música o a hablar francés con la señorita Collignon. Estaban allí, en mitad de la calle, y no eran quince o veinte, no, no lo penséis. Había docenas y, si insistís en preguntarme, os diré que había más que docenas: había unos centenares. Porque todas las calles que daban al hospital estaban repletas de personas que sabían que esa tarde iba a ocurrir algo muy especial. Parecía una numerosa y pacífica manifestación.

El quiosco de la esquina también estaba abarrotado de gente. A la hora de la salida de los colegios era lo normal.

Algo que extrañó a muchos vecinos fue que, detrás de la caseta, tapados por los periódicos y los coleccionables de muñecas o de piezas de cerámica, estaba Jordi López, el director de la escuela del Raval, rodeado por una multitud de jóvenes *boy scouts.*

Todo sucedió en un santiamén, al ritmo de la *Obertura* de Tchaikovsky que tanto gustaba a la señorita Collignon. Sonó un agudo silbido del jefe de los *scouts;* entonces, docenas de niños vestidos con uniforme y un pañuelo de colores anudado al cuello, se lanzaron a la calle y enlazaron sus manos para evitar que los coches siguieran circulando. En un periquete cortaron el tráfico en la confluencia de las calles Villarroel y Rosselló.

En ese momento, una furgoneta blanca que estaba aparcada en segunda fila, molestando a un taxista, aceleró y frenó en mitad del cruce de las calles, que estaba ya desierto. Dos hombres abrieron las puertas traseras y otros dos salieron del vehículo para descargar un piano negro y brillante en mitad de la calle.

Los transeúntes presenciaban la operación sin comprender nada. Las bocinas empezaron a sonar desde todos los lados haciendo un ruido ensordecedor, a pesar de estar junto a un hospital, pero los *boy scouts* parecían no oírlas.

Entonces, con un gesto muy artístico, el pianista Ricardo Reguant, vestido con su esmoquin negro, se bajó de la furgoneta como si se bajara de un Rolls Royce en la Quinta Avenida de Nueva York y se sentó en la banqueta del piano que estaba en mitad del cruce de las dos calles. Pulsó algunas teclas y en un instante se hizo el silencio. La gente lo miraba embobada y con la boca abierta. Nadie tocaba ya el claxon, nadie hablaba. Todo el mundo estaba pendiente de lo que ocurría.

Ante el alboroto que se había organizado, desde el servicio de seguridad del Clínico llamaron inmediatamente a la guardia urbana; al poco, cuatro motoristas subieron por la calle Villarroel, que encontraron milagrosamente desierta. Al llegar frente al hospital y ver al padre de Joanot, jefe de la Policía urbana del Raval, los motoristas creyeron que se trataba de una actividad programada por el Ayuntamiento y le preguntaron si necesitaba ayuda. El hombre les dijo que sí, enviándolos hacia los coches que estaban más arriba de la calle Villarroel, para que contuvieran el guirigay que se había organizado.

A la entrada del hospital se reunieron docenas de médicos y enfermeras de batas blancas y verdes. Fuera, la Coral del Arcoíris avanzó hasta ponerse junto al piano, a la espera de la señal del pianista. El silencio reinante en las calles que daban al Clínico era total. Los taxistas ordenaban a sus clientes que esperaran y callaran. Los conductores de autobuses apagaron los motores y los motoristas aparcaron en la acera.

Todos y cada uno de los miembros de la pequeña coral, formados junto al piano ante la puerta principal del hospital, miraron hacia arriba, hacia donde creían que estaba la ventana de su señorita Collignon. De repente, una de las de la sexta planta se abrió y Quimeta les hizo la señal convenida con un pañuelo rojo.

–¡Allí! –gritó Mireia señalándola.

Todos los miembros de la coral iban limpios y atildados, repeinados y perfumados con agua de colonia. Aunque su añorada señorita Collignon no los pudiera ver, al menos, los oiría, ¡vaya si los oiría!

Uno de los alumnos que no cantaba sostenía un gran cartel en el que se leía en letras de colorines: «Coral del Arcoíris».

—¿Por qué se llama así? —preguntó un niñito a su madre, que miraba embobada a los pequeños cantores.

—Porque tiene tantos colores como el arcoíris. ¿No ves que hay niños y niñas de todas las partes del mundo?

—Yo quiero ir a esa escuela, mamá —dijo el pequeño Garbancito, que no levantaba ni un palmo del suelo.

La gente también empezaba a impacientarse y a hacerse preguntas.

—¿Para quién hacen esto? —preguntó una joven florista a una clienta.

—Me han dicho que para su maestra, que se está muriendo en el hospital —respondió una señora que, emocionada, se enjugaba las lágrimas.

La clase de sexto de la escuela del Raval parecía una bandada de jilgueros que acabara de llegar a la ciudad, porque estaba a punto de estrenarse el verano. El anuncio de que los niños cantaban a su maestra gravemente enferma se difundió entre los peatones como un incendio por el monte.

Mientras en la calle ocurría todo esto, en la pequeña habitación de la sexta planta la señorita Collignon intentaba dormir un poco porque había pasado muy mala noche, con mareos y dolor de cabeza. Por eso, cuando su querida amiga Quimeta abrió la ventana que daba a la calle, le dijo:

–Ciérrala, por favor. Entra demasiado sol y no me siento bien.

Pero Quimeta sabía qué tenía que hacer: dejar la ventana abierta de par en par para que los cantos de la coral subieran hasta allí arriba. Se encontraban en un sexto piso y estaba muy preocupada porque la coral estaba compuesta por una veintena mal contada de niños y niñas, ya que Joanot no iba a cantar porque estaba medio afónico.

De pronto, el señor de los cabellos blancos repeinados, vestido con un elegante esmoquin, empezó a tocar y la multitud tragó saliva. Las notas empezaron a vibrar entre los árboles y todos repararon en que aquel hombre, aquel hombre... ¡sabía un buen rato!

Detrás de él, en dos hileras perfectamente alineadas, el grupo de cantantes de la Coral del Arcoíris alzó la cabeza militarmente hacia la sexta planta y las notas de *Solamente una vez* empezaron a sonar con lentitud, como las olas que llegan a la orilla, por las calles del Clínico. Una a una, las notas empezaron a escalar las paredes del hospital y más voces se incorporaron a la coral, como un eco lejano.

Solamente una vez amé en la vida,
solamente una vez y nada más.
Una vez nada más en mi huerto brilló la esperanza,
la esperanza que alumbra el camino de mi soledad.

Aunque solo había un pianista, por la potencia del instrumento y de las voces, parecía que una orquesta sinfónica estuviera interpretando la canción en mitad de Barcelona. Los tambores no faltaron, ya que el padre de Abdou los había traído consigo.

> *Una vez, nada más, se entrega el alma*
> *con la dulce y total renunciación,*
> *y cuando ese milagro realiza el prodigio de amarse,*
> *hay campanas de fiesta que cantan en el corazón.*

Los padres de Alicia y de Adelaida acompañaban la música con el sonido rítmico de sus panderetas. La directora del coro del Liceo estaba sorprendida de cómo cantaban aquellos niños. Ricardo Reguant le había pedido, como favor personal, que los dirigiera los dos días anteriores y ella no se había podido negar.

Cuando terminaron de interpretar la pieza, y al ver abierta de par en par la ventana del sexto piso, Ricardo Reguant arrancó unas vibrantes notas del piano para interpretar la canción de Montsalvatge, *Canción de cuna para dormir a un negrito*. Las voces puras de la Coral del Arcoíris estrenaron la melodía que tantas veces habían ensayado con la señorita Collignon:

> *Ninghe, ninghe, ninghe tan chiquitito,*
> *el negrito que no quiere dormir.*
> *Cabeza de coco, grano de café.*
> *Con lindas motitas,*
> *con ojos grandotes,*
> *como dos ventanas que miran al mar.*

Parecían profesionales; seguían los dedos del pianista como si fueran los de su maestra cuando los dirigía. Mientras cantaban, levantaban la cabeza para que sus voces llegaran hasta el último piso y se colaran por la ventana de la habitación donde reposaba la señorita Collignon. Al oír aquellas canciones, muchos de los transeúntes se sintieron transportados hacia un mundo en el que no había lugar para envidias, prisas ni discusiones, donde todo era plácido y tranquilo. No había ruidos de coches ni se oía el bullicio de la ciudad. Era como si el centro de Barcelona se hubiera paralizado. Todos podrían haber permanecido allí toda la tarde y, cuando la pequeña Mireia alzó su voz para cantar en solitario, muchos supieron qué significaba encontrarse en un lugar llamado paraíso. Su voz poderosa y delicada modulaba tan bien, que hasta Ricardo Reguant, acostumbrado a interpretar con los mejores cantantes de ópera, se equivocó en un par de ocasiones al piano. Se distrajo de la partitura por culpa de esa fuente de agua transparente y limpia que brotaba de la boca de la niña en forma de notas musicales.

La señorita Collignon se despertó al oír la voz de Mireia, que entraba por la ventana, y se sorprendió:

–Escucha, Quimeta, parece un ruiseñor que trina en mitad del bosque.

–Sí, Georgette –dijo su vecina sonándose la nariz, emocionada–, me parece que es tu ruiseñor.

La señorita Collignon iba a añadir algo, pero se calló, porque al terminar la canción, el pianista empezó a tocar unas notas desconocidas para todos, pero muy familiares para ella. Era una pieza de *jazz* que había oído muchos años atrás en un café de París. El concertista Ricardo Reguant pensó que la enferma reconocería esa melodía, ya que ella se la había enseñado cuando eran jóvenes.

El pianista empezó a pulsar las teclas del piano con tanta pasión que las notas que escalaban las paredes del Clínico y entraban por la ventana de la sexta planta, tenían la forma de las rosas que durante aquellos cuarenta años no le había regalado el día de San Valentín, o la de los pastelitos que no habían comido juntos mirándose a los ojos, o la de los besos que no se habían dado nunca más.

Una canción siguió a otra y el pequeño concierto terminó con una pieza emblemática: el «Aleluya» del *Mesías* de Haendel. Aunque solo había un piano y solo cantaba un puñado de niños del Raval, a todo el mundo le pareció que no faltaban las trompetas, las trompas, los violines, los violonchelos ni nada. Fue como si una orquesta sinfónica de las de verdad interpretara esa conocida pieza en mitad del Ensanche de Barcelona.

Hallelujah, hallelujah, hallelujah, hallelujah, hallelujah.
Hallelujah, hallelujah, hallelujah, hallelujah, hallelujah.

De repente, disimulados entre los centenares de viandantes aquí y allá, las voces de los cuarenta miembros del coro del Liceo se sumaron a los niños de la coral. Uno a uno, se fueron añadiendo al «Aleluya». Primero fueron unos barítonos de voz gruesa y profunda:

For the lord God omnipotent reigneth.
Hallelujah, hallelujah, hallelujah, hallelujah.

Después, unas sopranos de voz afilada y clara, y los tenores, las contraltos y los bajos. También se empezaron a oír unos violines, unas trompetas y unas trompas de la orquesta del Liceo que habían esperado ese momento para añadirse al concierto:

For the lord God omnipotent reigneth.
Hallelujah, hallelujah, hallelujah, hallelujah.

Al oírlo, mucha gente se puso a cantar con la pequeña coral y, esta vez sí, por todas las ventanas del hospital que se habían abierto de par en par, entró la melodía del *Mesías* de Haendel. A todos les pareció que el Ensanche de Barcelona brillaba más que una diadema de oro y diamantes.

Las notas y las voces empezaron a envolver de seda los árboles, iluminaron las farolas y muchos tuvieron la sensación de que en las paredes del hospital brotaban infinitas flores doradas. Los ventanales del Clínico vibraron con las últimas y majestuosas notas del «Aleluya». Después se hizo el silencio, un silencio de domingo por la mañana, cuando parece que todavía no han instalado las calles de la ciudad.

Pasó un buen rato hasta que alguien se atrevió a hablar o a encender de nuevo el motor de su coche. Lentamente, al romperse ese momento mágico, la vida regresó a la calle Villarroel esquina con Rosselló. Los guardias urbanos hicieron sonar sus silbatos; los coches, los autobuses y las motos arrancaron, tratando de pasar por delante del Clínico sin hacer demasiado ruido. Los viandantes regresaron a sus obligaciones despacito, como si durante unos maravillosos instantes se hubieran quedado congelados o hubiera pasado un ángel. Todos los miembros de la coral, los del coro y los de la orquesta del Gran Teatro del Liceo regresaron al barrio del Raval con el corazón henchido de gozo y una sonrisa de felicidad en sus rostros.

13. Colofón

Y así cerró los ojos para siempre la señorita Georgette Collignon, maestra de Francés y Música de una pequeña escuela del barrio del Raval de Barcelona, oyendo a su queridísima Coral del Arcoíris y al pianista que nunca la había olvidado.

No sé si, cuando todo terminó, la señorita Collignon llegó a oír los aplausos de sus antiguas alumnas del colegio de la parte alta de Barcelona, o los de los pacientes, médicos, enfermeras, taxistas y los de todos los curiosos que se habían aglomerado a las puertas del Clínico.

Lo único cierto es que no pudo ver al pianista que subió a su habitación con el ramo de flores que le habían llevado los niños, porque cuando Ricardo Reguant abrió la puerta de la 609, vio en la penumbra a una señora de edad incierta sosteniendo la mano exánime de Georgette Collignon.

Quimeta lo miró con los ojos arrasados en lágrimas y negó con la cabeza. Al instante él dejó el ramo de rosas sobre la mesita y se quedó inmóvil frente a la cama en la que la señorita Collignon dormía ya para siempre.

La calle volvía a estar llena de vida y de bullicio; los taxistas tocaban los cláxones y los motoristas pasaban rozando los coches. En cambio, en la habitación 609 reinaba un piadoso silencio.

—He llegado tarde —se lamentó el concertista, sentándose en una de las sillas y llevándose las manos a la cabeza—. He tardado cuarenta años, y lo que más me duele es que no sabrá nunca que he venido.

Quimeta se le quedó mirando con una triste sonrisa y susurró:

—Sí, ella ha sabido que usted estaba abajo tocando el piano en mitad de la calle.

—¿Cómo dice? —se sorprendió el pianista.

—Cuando ha escuchado las primeras notas, ha reconocido su manera de tocar y me ha dicho con un hilo de voz: «Es Ricardo, Quimeta, es Ricardo; ha vuelto», y ha cerrado los ojos, con una sonrisa de felicidad en los labios.

Los dos se quedaron un rato en silencio mientras el hombre observaba a la señorita Collignon, lamentando, quizá, lo que hubiera podido ser y no fue.

—¿Sabe? —le dijo Quimeta en tono confidencial—. Ella siempre lo esperó. Hasta el último día, estaba convencida de que usted regresaría a buscarla.

—Georgette pudo ser una gran pianista —dijo él con la mirada perdida.

—Sí, me lo imaginaba —le replicó la vecina de la señorita Collignon—. Creo que por eso dejó de tocar el piano, para no hacerle sombra a usted.

El hombre dejó de mirar a la difunta y sus ojos se clavaron en los de Quimeta.

–¿Se lo dijo ella? –le preguntó.

–No, no me dijo nada. Pero hay cosas que una mujer no necesita decirle a otra para que la entienda.

Sí, Ricardo Reguant sabía de qué le hablaba. Entonces, se le llenaron los ojos de lágrimas, se sentó en la cama y agarró la fría mano de Georgette. Todavía tuvo fuerzas para decirle hipando:

–He venido, Georgette, he regresado... Perdóname.

El gran concertista, el aclamado Ricardo Reguant, el hombre ante el cual se desplegaban alfombras rojas en todo el mundo, en aquellos momentos era un pobre hombre que lloraba amargamente, sosteniendo la mano de la difunta señorita Collignon.

–¿Pero usted la amaba? –quiso saber Quimeta, extrañada.

–Sí, la amaba –suspiró–, pero no supe ser lo suficientemente generoso como para anteponerla a mis ganas de triunfar y, ya ve, después he sido demasiado orgulloso para pedirle perdón.

–Lo ha hecho –murmuró Quimeta–. Lo ha hecho esta tarde en la calle, tocando al piano con sus niños.

El hombre lloró desconsoladamente. Después se acercó a Georgette, le dio un último beso en la frente y salió de la habitación. Cuando se marchaba, se cruzó con un grupo de médicos y de enfermeras que iban hacia la habitación con el sacerdote del hospital.

Quimeta nunca le dijo nada acerca de las cartas que Georgette le había escrito durante casi cuarenta años.

Pensó que bastante pena tenía ya el hombre, como para cargar sus espaldas con más amargura. «La vida es así», se dijo la vecina de la señorita Collignon. «Las decisiones te la cambian para bien o para mal, pero cada uno toma las suyas». Ricardo Reguant había escogido el camino de la fama y Georgette Collignon el del amor, un amor que no había sido correspondido. Aunque, al final, Quimeta había comprendido que su amiga francesa había estado siempre llena de amor, que lo había dado hasta derramarse y que lo había hecho sin esperar nada a cambio, como se hacen estas cosas cuando es el corazón el que manda.

* * *

Y aquí termina esta pequeña historia. La señorita Collignon nunca llegó a saber que apenas unas semanas después, su Coral del Arcoíris actuó nada menos que en el Gran Teatro del Liceo, con todas las localidades vendidas, y que de nuevo estuvo acompañada al piano por el famosísimo intérprete Ricardo Reguant en el que fue su último concierto en Barcelona.

La señorita Collignon tampoco supo –o quizá sí– que al año siguiente su coral fue seleccionada entre más de ciento cincuenta grupos de intérpretes para actuar en el festival de verano de Salzburgo y que, unos años más tarde, habiendo cosechado un apabullante éxito de crítica y público, la pequeña Mireia Guinjoan, la hija del panadero del Raval, debutó en el Gran Teatro del Liceo de Barcelona interpretando el papel de la Reina de la Noche en *La flauta mágica* de su querido Mozart.

Esa lluviosa noche de un mes de noviembre, la acogida que recibió la nueva cantante fue tan colosal, que el Gran Teatro del Liceo casi se vino abajo durante los veinte minutos que duraron los frenéticos aplausos del público. Mientras recibía innumerables ramos de rosas rojas, de pie, en el escenario, a la soprano le pareció que en uno de los palcos del tercer piso, entre Abdou, Joanot, Alicia, Mohamed y Nadir, la aplaudía y le sonreía su querida y añorada señorita Collignon.

Índice

1. La maestra 7
2. El inspector 16
3. El primer día de escuela 24
4. El *Vals del Emperador* 35
5. El ruiseñor del Liceo 48
6. La coral 61
7. Las cartas 69
8. Una idea brillante 82
9. La coral en acción 93
10. Ricardo Reguant, pianista 99
11. Mala suerte 108
12. El concierto 115
13. Colofón 127

Lluís Prats

Nació en Terrassa (Barcelona) en 1966. Se licenció en Arte y Arqueología y se dedicó durante unos años a la investigación histórica. Ha trabajado como profesor, como editor y en una productora de cine en Los Ángeles (California). Ha publicado más de una docena de obras, informativas y novelas, entre las que destacan *El libro azul* (Bambú, 2007), *Aretes de Esparta* (Pàmies, 2011) y *Cine para educar* (Belacqua 2005). Su obra *Los genios del Renacimiento y del Barroco italiano* (Carroggio, 2006) fue galardonada con el premio del Ministerio de Cultura de España.

Bambú Grandes lectores

Bergil, el caballero perdido de Berlindon
J. Carreras Guixé

Los hombres de Muchaca
Mariela Rodríguez

El laboratorio secreto
Lluís Prats y Enric Roig

Fuga de Proteo 100-D-22
Milagros Oya

Más allá de las tres dunas
Susana Fernández Gabaldón

Las catorce momias de Bakrí
Susana Fernández Gabaldón

Semana Blanca
Natalia Freire

Fernando el Temerario
José Luis Velasco

Tom, piel de escarcha
Sally Prue

El secreto del doctor Givert
Agustí Alcoberro

La tribu
Anne-Laure Bondoux

Otoño azul
José Ramón Ayllón

El enigma del Cid
Mª José Luis

Almogávar sin querer
Fernando Lalana,
Luis A. Puente

Pequeñas historias del Globo
Àngel Burgas

El misterio de la calle de las Glicinas
Núria Pradas

África en el corazón
M.ª Carmen de la Bandera

Sentir los colores
M.ª Carmen de la Bandera

Mande a su hijo a Marte
Fernando Lalana

La pequeña coral de la señorita Collignon
Lluís Prats

Luciérnagas en el desierto
Daniel SanMateo

Como un galgo
Roddy Doyle

Mi vida en el paraíso
M.ª Carmen de la Bandera

Viajeros intrépidos
Montse Ganges e Imapla

Black Soul
Núria Pradas

Rebelión en Verne
Marisol Ortiz de Zárate

El pescador de esponjas
Susana Fernández

La fabuladora
Marisol Ortiz de Zárate